Philippa L. Andersson

TEASE & PLEASE

HEISS IM EIS

Über das Buch

Bis auf Weihnachten würde Audrey Montgomery die Winterzeit am liebsten überspringen. Was bitte ist an Schnee, kalten Füßen und Frostbeulen sexy? Leider sieht das Reece Randall, ihr neuer Freund und Boss, überhaupt nicht so. Er möchte das Tease & Please um einen ganz besonderen Playroom erweitern. Einen aus Eis, das Freeze & Please! Und er will, dass ausgerechnet Audrey die Planung übernimmt. Doch die benimmt sich aus unerfindlichen Gründen plötzlich ganz seltsam.

Kann sie diese eisig kalte Aufgabe heißblütig meistern?

Über Philippa L. Andersson

Nach ihrem Studium in Bamberg sowie Stationen in Spanien, Hamburg und Berlin veröffentlichte Philippa L. Andersson 2012 ihre erste Kurzgeschichte. 2013 folgte ihr erster Roman „In deinen Armen". 2017 erschien ihr erstes Hörbuch zu ihrem Roman „Romance Love – Vollkommen dir ergeben". Im gleichen Jahr war sie mit „You Can't Escape Love – Begehren . Vertrauen . Lieben" erstmals in der BILD-Bestsellerliste.

www.philippalandersson.de
www.facebook.com/PhilippaLAndersson
philippa@philippalandersson.de

Philippa L. Andersson

TEASE & PLEASE

HEISS IM EIS

Originalausgabe
Januar 2019

Tease & Please - HEISS IM EIS
Philippa L. Andersson

Umschlagfotos: © iStock.com/BlackJack3D
Umschlaggestaltung: Philippa L. Andersson
Lektorat: Mona Gabriel, Leipzig, Deutschland
Korrektorat: Laura Gosemann, Berlin, Deutschland

Philippa L. Andersson vertreten durch:
Sowade, Plantagenstraße 13, 13347 Berlin, Deutschland
philippa@philippalandersson.de
www.facebook.com/PhilippaLAndersson
www.philippalandersson.de

ISBN: 978-3-96443-573-6

Bestellung und Vertrieb: Nova MD GmbH, Vachendorf, Deutschland
Druck: Sowa Sp. z o.o., ul. Raszynska 13, 05-500 Piaseczno, Polska

GUTE MÄDCHEN
KOMMEN IN DEN HIMMEL,
BÖSE INS FREEZE & PLEASE!

1. Kapitel

AUDREY

Kalt, kalt, kalt …

Über Nacht gab es einen Temperatursturz. Der Herbst ist abrupt vorbei, und plötzlich haben wir Winter, sodass ich bei jedem Schritt nur daran denken kann, wie sehr ich friere.

Trotz der Handschuhe sind meine Finger vor Kälte ganz steif. Die Tüten, die ich trage, wiegen immer schwerer. Fröstelnd eile ich auf den Randall Tower zu, in dem nicht nur die Geschäftsräume des Tease & Please sind, sondern in dem ich zusammen mit Reece, dem Eigentümer, in der obersten Etage wohne.

Ich hechte die letzten Meter in die Empfangshalle des Gebäudes und wackele in meinen gefütterten Stiefeletten mit den Zehen. *Gut, sie sind noch nicht abgefroren.*

»Hi, Anna!«, begrüße ich die junge Frau, die wie so oft am Empfang sitzt. Wir nicken uns zu, doch anders als bei meinen ersten Besuchen im Randall Tower brauche ich keine Erlaubnis mehr, um den Aufzug zu benutzen. Als Freundin von Reece habe ich eine Schlüsselkarte, mit der ich überallhin komme.

Ich gebe bei den Fahrstühlen den Code für das Penthouse ein und fahre nach oben. Wenig später betrete ich mit den Tüten in der Hand die Wohnung, streife mir die Stiefel ab und gehe in die Küche, wo ich die Einkäufe abstelle.

»Ich bin wieder da!«, rufe ich, lege das Orangennetz zur Saftpresse und den Truthahn ins Tiefkühlfach.

»Ich wollte schon einen Suchtrupp losschicken«, meint Reece, kommt zu mir, umarmt mich noch in meinem Mantel von hinten und drückt mich an sich.

»Mmh …«, mache ich genießerisch, drehe mich um, sodass wir uns anschauen können, küsse ihn und schiebe meine kalten Finger unter sein Jackett, um sie zu wärmen.

»Sind das Hände oder Eiszapfen, die mich gerade berühren?«, fragt Reece grinsend und reibt über meinen Rücken.

»Bisher Eiszapfen. Aber gib mir fünf Minuten, und es werden wieder Hände.«

»Du brauchst bessere Handschuhe«, sagt er streng.

»Was ich brauche, ist Sommer.« *Genau genommen sechsundzwanzig Grad, blauer Himmel und Sonnenschein. Keine reale Version des Disney Hits Frozen.*

»Ich meine es ernst. Ja, du hängst an deinen filigranen Lederhandschuhen –«

»Die sind diesen Winter in Mode«, verteidige ich mich.

»Aber wenn dir darin die Finger absterben, brauchst du bessere«, redet Reece einfach weiter.

Ein Teil von mir weiß, dass er recht hat. Doch ein anderer wehrt sich vehement gegen diese Einsicht. »Keine Chance. Ich bräuchte ein Modell, wie man es sonst nur zu Expeditionen an den Nordpol trägt.« *Wo minus siebzig Grad herrschen.* »Und die total unstylisch sind.«

Reece will was erwidern, doch ich stelle mich auf die Zehenspitzen, küsse ihn erneut und kuschele mich dann in seine Arme. »Weißt du, ich brauche einfach nur dich«, sage ich.

Er legt sein Kinn an meinen Kopf und schiebt die Hände unter meinen Wollmantel. »Als Handwärmer?«

»Als Audrey-Wärmer«, verbessere ich ihn und lasse meine nun wieder voll funktionstüchtigen Finger über seinen Rücken wandern. »Irgendwie wird mir in deiner Nähe immer wahnsinnig schnell heiß.« Ich reibe mich an seiner Hüfte, und Verlangen nach diesem Mann durchströmt mich. »Überall.«

»Fuck, du machst mich schwach. Weißt du das?«, sagt Reece, lässt seine Hände tiefer gleiten, umfasst meinen Hintern und zieht mich an sich, eng und perfekt und ganz wundervoll.

»Das ist gut, Sir.« *Megagut.* Denn plötzlich ist alles um mich herum vergessen. Ich will ihn, jetzt, hier.

»Ich fände es noch besser, wenn ich dich ebenfalls schwachmachen würde.«

»Tust du, ich schmelze dahin.«

»Lass mich das überprüfen …«

Ja! Ich atme flacher, als Reece seine Hand zwischen meine Knie schiebt und an der Innenseite meines Beines höher wandern lässt.

»Also, bislang fühlst du dich kühl an, Kleines«, sagt er, obwohl seine Finger nun den Saum meiner halterlosen Strümpfe wie eine Grenze passieren. »Du brauchst nicht nur Polarhandschuhe, sondern auch Polarunterhosen.«

Nie im Leben! »Dann könntest du nicht tun, was du jetzt gerade machst«, sage ich.

»Das stimmt natürlich«, sagt er.

Ich will, dass er mich richtig berührt. Aber er lässt sich Zeit und streift mit den Fingerspitzen nur über den Stoff meines Slips. Wieder und wieder. Bis er erst feucht und schließlich nass von meiner Lust wird.

»Bitte!«, hauche ich, ein Wörtchen, dass ich noch vor einem Jahr viel weniger benutzt habe als jetzt mit ihm, mit diesem Mann.

»Bitte, was?«

»Bitte, berühr *mich*, Sir!« Warnend kralle ich meine Fingernägel kurz und schmerzhaft in seinen Rücken, provoziere ihn. »Nicht meinen *Slip*.«

»Warum?«

»Weil ich es so will.«

Mich weiter folternd drückt er mir einen Kuss auf die Stirn. »Weil *du* das Sagen hast?«

Mist, er ist der Dom, nicht ich! »Nein, du natürlich«, korrigiere ich mich hastig. »Du!«

»Besser, Kleines.«

Zur Belohnung schiebt er den Stoff beiseite, gleitet mit den Fingerspitzen über meine empfindliche, feuchte Pussy und dringt dann mit zwei Fingern in mich ein. Tief und sexy, so als würde mein Körper ihm gehören. Was er auch tut.

»Jetzt zufrieden?«, fragt er.

Er kennt die Antwort. »Ich will mehr«, sage ich.

»Mehr Finger?«

»Nein, mehr von dir, Sir.« Mehr Haut, mehr Berührungen, alles.

»Mach meine Hose auf!«, befiehlt er.

Endlich! Ich taste nach seinem Gürtel, löse ihn und tue, was er mir befohlen hat.

»Weiter?«, frage ich, da sich seine Erektion schwer ignorieren lässt, er mir aber nur erlaubt hat, seine Hose zu öffnen, und nicht, seinen Schwanz zu befreien.

Seine Zunge streift mein Ohr. »Rate!«

»W-w-weiter!«

»Ja, Kleines.«

Ein sexy Schauer läuft über meinen Rücken. Ich schiebe meine Hand von oben unter den Stoff, spüre seine heiße Erektion unter den Boxershorts, ziehe den Zipper der Hose vorsichtig auf und streife sie zusammen mit der Unterhose nach unten. Während Reece an mir herumspielt und mich immer bedürftiger werden lässt.

»Bereit, dass dir noch wärmer wird?«, fragt er und hebt mich auf die Arbeitsfläche, wo wir sonst Gemüse schnipseln.

»Bereit, Sir.« *Schon seit einer Ewigkeit.*

Mit einer Bewegung sind Reeces Finger weg, er dringt in mich ein, und wir stöhnen beide auf, als wir miteinander verschmelzen.

»Gut?«, fragt er an meinen Lippen, während er mich genau dort hält, wo er mich haben will, und mich sinnlich nimmt.

»Unglaublich gut, Sir.« *Keine Lüge. Reece versteht, wie er seinen Körper einsetzen muss, um jede Faser von mir zum Beben zu bringen.*

Ich lege meine Beine um seine Hüfte, um ihn noch tiefer zu spüren, und ich lese in seinen Augen, wie sehr es ihm gefällt, dass ich ihn so heftig will.

Seine Stöße wechseln nun, sind mal schneller, mal langsamer, machen mich ganz verrückt. Bis ich kurz davor bin zu kommen. *Mist! Viel zu früh.*

»Darf ich?«, frage ich dennoch, weil ich weiß, dass er die Kontrolle über mich haben will, während er mich dazu bringt, genau die seinetwegen zu verlieren.

»Noch nicht«, sagt er wie erwartet.

Verdammt! »Bitte!«

»Noch nicht, hab ich gesagt.«

Weiß er eigentlich, wie schwer es mir fällt, mich bei ihm zurückzuhalten? Bei allen anderen Männern war das nie ein Problem. Doch er, er bringt mich an die Grenzen des Erträglichen, immer wieder aufs Neue. Ich halte es nur noch Sekunden aus. Und das weiß er. Das muss er wissen. Aber nein, er genießt es, mich zu quälen, die Kontrolle zu behalten, zu bestimmen, was mit meinem Körper passiert.

Und dir gefällt das auch, Audrey, mehr als du je gedacht hättest.

»Und jetzt?«, keuche ich. »Bitte, darf ich, Sir?«

Reece beugt sich vor und küsst mich, was in dem Fall ›Nein, aber ich liebe dich und weiß zu schätzen, dass du dich für mich so bemühst, und freue mich, dass du gleich aufgibst‹ heißt.

Wie gemein!

Ich versuche, den Orgasmus aufzuhalten. *Wirklich.* Aber ich bin nicht gut darin. Nicht heute. »Mistkerl!«, stöhne ich an seinen Lippen und explodiere im gleichen Augenblick. »Oh Gott, du verdammter Mistkerl!« *Nicht unbedingt das, was man seinem Dom auf dem Gipfel der Lust an den Kopf knallen sollte. Aber gesagt ist gesagt.*

All die Anspannung lässt plötzlich nach. Mein Unterleib bebt. Meine Pussy zuckt. Und ich genieße jede Sekunde davon, die nur noch perfekter wird, als ich spüre, dass Reece ebenfalls loslässt und in mir kommt. Heftig und wild. Als wäre ich seine Erlösung. Bis er sich mit einem letzten harten Stoß in mir versenkt und tief in mir verharrt, mir so nah ist, wie es nur geht. Mir zeigt, dass ich ihm gehöre und wie wundervoll das ist.

»Magst du die Kälte immer noch nicht?«, fragt er. Und meint damit wahrscheinlich, dass ihm die kleine ›Ich wärme Audrey richtig auf‹-Nummer gefallen hat.

»Leider nein, Sir.«

»Aber die Art, wie ich dich auftaue, schon?«

Ich küsse ihn sanft. »Ja.«

»Ich glaube, dann wird Winter meine neue Lieblingsjahreszeit«, sagt er grinsend. »Und ich sorg dafür, dass es auch deine wird.«

»Das schaffst du nicht.« *Hallo! Frostbeulen bleiben Frostbeulen.*

»Abwarten.«

Ein wohliger Schauer durchdringt mich. *Stimmt, abwarten.* Es wäre nicht das erste Mal, dass dieser Mann meine Welt auf den Kopf stellt.

REECE

Behutsam fahre ich Audrey durch die Haare, spüre ihre nun warmen Hände an meinen Hüften und bin froh, dass sie aufgetaut ist. Und mir schießen jede Menge Dinge durch den Kopf, wie ich ihr den Winter schmackhaft machen kann. Ich bin als Dom ziemlich kreativ, was Spielchen angeht.

»Reece? Wo steckst du?«, bringt mich die näher kommende Stimme meines Bruders ins Hier und Jetzt zurück. »Ich denke, du bist da.«

Schnell ziehe ich Audrey das Kleid tiefer und schließe meine Hose. In dem Moment betritt Ian bereits die Küche.

»Ich stör doch nicht?«, meint er grinsend.

»Kein bisschen. Wir sind gerade fertig.« *Und wie!* »Stimmt's, Kleines?«

»Du hast gewusst, dass er kommt?«, übergeht Audrey meine Frage und boxt mir verärgert gegen den Oberarm. *Verdient, Randall.*

»Ja, hab ich«, gebe ich zu. »Und es dann aus guten Gründen vergessen.« *Sprich: ihretwegen.*

»Vergessen?!«, wiederholt sie empört. »VERGESSEN?!«

»Nicht in dem Ton«, ermahne ich sie.

»Genau in dem Ton!«, feuert sie zurück.

Ich werfe ihr einen besänftigenden Blick zu. »Du weißt doch, dass du diesen Effekt auf mich ausübst!«

»Jetzt bin ich auch noch schuld?!«

»Ein bisschen«, sage ich, mustere sie erneut hungrig und ziehe sie an mich, damit sie sich beruhigt. Schließlich weiß ich auch, welchen Effekt ich auf sie ausübe.

Bingo! Audrey will mir länger böse sein, aber es gelingt ihr nicht – weshalb ich noch mal leicht geboxt und dann geküsst werde. *Das war knapp.* »Ich geh mich mal besser ausziehen … ähm … ich meine, den Mantel ablegen … und mich umziehen und … bis gleich«, stammelt sie.

»Stopp!« Ich reiche ihr einen Lappen. »Du hast da was vergessen.«

Irritiert sieht sie mich an. Dann den Lappen. Dann wieder mich.

»Du musst noch den Tisch abwischen«, sage ich.

Ein weiteres Stirnrunzeln folgt.

»Spielzeug säubern ist dein Job«, schiebe ich hinterher.

»Jetzt weiß er, was wir getan haben«, zischt sie.

»Das weiß er sowieso.« *Ian ist ja nicht blöd.*

Ihr Blick schickt Blitze in meine Richtung, doch sie lächelt frech, nimmt mir den Lappen aus der Hand, wischt die Arbeitsplatte ab, auf der wir gespielt haben, und knickst dann wütend. »Zufrieden, Sir?«

Etwas devoter wäre mir lieber. »Zufrieden«, sage ich dennoch.

Ich wasche mir die Hände und gebe Ian einen Wink, mir in mein Arbeitszimmer zu folgen. Ich will das Tease & Please um einen Winter-Playroom, das Freeze & Please, ergänzen. Er hat jedoch Bedenken geäußert, und ich wollte ihn deshalb persönlich sprechen.

»Was spricht gegen den Winter-Playroom?«, frage ich nach. Als Besitzer des bekanntesten BDSM-Klubs der Stadt ist es mir wichtig, meinen Kunden einmalige Erlebnisse zu verschaffen. Und da der Winter dieses Jahr so früh gekommen ist und laut Meteorologen lange anhalten wird, würde ich wirklich gerne diesen speziellen Raum anlegen lassen. Vom letzten Jahr haben wir bereits einen beheizbaren Outdoor-Pool und eine finnische Sauna. Aber ich fände was Neues gut, das man – wenn es erfolgreich ist – in Zukunft ausbauen könnte.

»Kunden mit Grippe und Blasenentzündung«, meint Ian trocken, ganz der Spaßbremsen-Anwalt. »Das spricht dagegen.«

»Ich bin mir sicher, unseren Kunden wird warm genug.« *Mir auf jeden Fall, wenn ich mir ausmale, wie ich Audrey in einem Palast aus Eis quäle.*

»Und was ist mit unseren Mitarbeitern? Jeden Winter haben wir einen Anstieg der krankheitsbedingten Ausfälle. Damit werden es noch mehr. Ich mag die Idee, aber ich sehe nicht, wie wir sie safe umsetzen können.«

Toll, weiteres Anwaltsblabla. »Kannst du bitte auf meiner Seite stehen? Wenn Leute in Alaska Sex haben, ohne zu erfrieren, muss das hier ebenfalls möglich sein. Denk außerdem mal an diese Eishotels. Dort fährt niemand hin, um krank zu werden, sondern um etwas Besonderes zu erleben.«

Ian seufzt. »Du willst Schneeromantik? Warum dann keine Skihütte?« Nun muss auch Ian grinsen. »Erst müssen die Subs Holz hacken, und danach werden sie für ihre Dienste belohnt.«

»Gefällt mir«, murmele ich. »Aber das ist nicht das Gleiche. Wenn unsere Kunden eine Session in einer Hütte wollen, können sie Ferienhäuser anmieten.«

»Klar, weil es in jeder Skihütte Fesseln, Paddles und ein Andreaskreuz gibt!« Ian schnaubt. »Oder nein, warte! Die Perversen der Welt schnallen sich ihren Playroom aufs Wagendach, fahren ins Wochenende und bauen sich ihre Spielsachen jedes Mal extra auf. Jetzt verstehe ich, warum so viele diese länglichen Transportboxen auf ihren Autos haben. Da sind keine Skier oder Snowboards drin. Sondern Folterwerkzeuge!«

»Ha, ha«, mache ich nur und lasse mich nicht beirren. »Deine Idee ist ja nicht schlecht. Aber meine ist besser.« *Um Längen.*

»Also ein Winter-Playroom?«

»Ja«, sage ich ruhig.

»Zunächst nur als Test?«

»Genau.«

»Und womit willst du ihn ausstatten?«

Als hätte irgendjemand so schnell ein Konzept parat! »Luxuriös wie diese Eishotels«, improvisiere ich. »Mit Eisskulpturen, zum Beispiel der Venus von Milo. Und dann natürlich mit Sextoys, die sich zum Spielen eignen. Das müsstest du absegnen.«

»Langsam verstehe ich, warum du auf diesen Raum so bestehst. Das ist wirklich mal was anderes.« Ian macht sich Notizen auf seinem iPad und sieht schließlich zu mir auf. »Ich muss nach Sicherheitsvorgaben für Eisgebäude recherchieren und nach Bauunternehmen suchen, die so etwas umsetzen.«

»Ich kann dir Adressen schicken.«

Er nickt. »Und es kann sein, dass wir das diesen Winter nicht mehr schaffen, weil es zu kurzfristig ist.«

»Das weiß ich. Deshalb auch nur der Testraum.« *Das werden wir ja wohl noch hinkriegen!*

»Und für die Sessions wird es zusätzliche AGBs geben.« Ian macht sich weitere Notizen. »Ich muss das prüfen, aber ich denke, länger als eine Stunde sollte keine Runde dauern. Ich werde das mit Collins durchsprechen, was er als Arzt für angemessen hält, und unsere Mitarbeiter brauchen eine Schulung.«

Gewonnen! Ich grinse. »Sicher! Alles, was du willst.«

»Das heißt noch nicht, dass ich dir grünes Licht gebe«, sagt Ian.

»Doch, das tut es.« Ich grinse breiter. »Und wenn ich raten müsste, dann weil du diesen Raum unglaublich gerne mit Catherine ausprobieren möchtest. So wie ich mich schon auf meine Session mit Audrey freue.«

»Okay, ich geb dir grünes Licht. Aber ich brauch Hilfe für die Umsetzung.«

»Kriegst du.« Von der perfekten Kandidatin, die dann ziemlich oft durchgefroren sein wird und gewärmt werden muss.

»Von wem?«, fragt Ian.

Ist das nicht offensichtlich? »Von Audrey natürlich«, sage ich.

Bester Tag seit Langem!

2. Kapitel

AUDREY

»Nein!«, protestiere ich, als mir Reece eröffnet, dass ich mich die nächsten Wochen auf das Freeze & Please-Projekt konzentrieren soll. »Lass mich Workshops geben, wie jeder sicher zur Arbeit kommt oder meinetwegen monatelang die benutzten Toys schrubben.« So wie es meine Schwester Nikki zur Strafe tun musste, weil sie sich in den Klub geschlichen hat. »Aber setz mich nicht auf ein Projekt an, bei dem ich die Frostbeulen spüre, bevor ich sie habe!« *Wie kann er nur?!*

»Dir ist schon klar, dass du keine Chance hast?«, gibt er amüsiert zurück.

»Weil du der Boss bist?«

»Genau, weil ich der Boss bin.«

Und das in so vielen Dingen.

Ich will ihn erwürgen. Leider erinnere ich mich daran, wie sexy es ist, wenn Reece den Boss bei mir raushängen lässt. *Unpraktisch!*

»Dann richte dich schon mal darauf ein, dass ich im Bett meine eiskalten Füße bei dir wärme.« *Schwache Drohung, aber besser als nichts.*

»Das tust du doch eh!«

Erwischt! »Und dir meine eisigen Hände zuschiebe«, steigere ich mich.

»Auch das machst du.«

»Und dich jeden Abend mit Schnee einseife, weil du den Winter so sehr magst.« *Das ist wirklich fies.*

»Das wagst du nicht.«

Stimmt. »Verdammt, du lässt mich nicht aus der Nummer raus?«

»Auf keinen Fall.«

»Ich werde erfrieren!« Ich meine das nicht melodramatisch, sondern ernst. Die Planung ist harmlos, aber sobald wir an die Umsetzung gehen, werde ich viel draußen sein. Und erfrieren!

»Wirst du nicht.« Reece zieht mich an sich. »Ich sorg dafür, dass es dir gut geht.«

»Weil du mich nicht mehr loslässt?« *Damit könnte ich wiederum leben.*

»Nein, weil ich dir warme Outdoor-Klamotten besorgen werde.«

Meine Idee fand ich besser. »Warum tust du mir das an?«, jammere ich.

»Weil ich dich für sehr kompetent halte. Das Sicherheitssystem, das du mit Ian neu etabliert hast, läuft einwandfrei. Du bist gut bei Recherchearbeiten. Und du bist eine der wenigen Personen im Klub, die beide Seiten kennt.«

Was meint er denn damit? Ich runzele die Stirn, während ich das Kompliment sacken lasse. Denn ja, ich hab studiert und bin nicht nur die Freundin vom Boss, sondern jemand, der gut ist in dem, was er tut.

»Du bist Sub und kennst auch die Dom-Seite«, erklärt er. »Du weißt, was beide brauchen.«

Stimmt, ich bin die beste Kandidatin für den Job … Mist. »Küss mich noch mal!«, sage ich.

»Weil du mitmachst?«

»Küss mich einfach!«

Reece beugt sich zu mir, zieht mich an sich und küsst mich. Erst sanft, dann hungriger, tiefer, leidenschaftlicher. Wieder knistert es zwischen uns. Aber bevor wir erneut Sex haben, löse ich mich. »Ich muss mit Ian reden«, sage ich ausweichend. *Vielleicht weiß er einen Ausweg.* »Ist er in seinem Büro?«

»Ist er.« Reece fährt mir durch die Haare. »Heißt das, du bist dabei?«

Ich seufze. »Das heißt, ich rede mit Ian.«

***

»Warum konntest du Reece nicht davon abbringen?«, frage ich Ian und baue mich vor seinem Schreibtisch auf.

»Er hat von Eisskulpturen und Sextoys erzählt. Wenn du dir im Internet außerdem mal Eishotels anschaust, wirst du feststellen, dass die wirklich traumhaft aussehen. So etwas würde gut zum Klub passen.« Er räuspert sich. »Und ich fürchte, irgendein Steinzeitmenschen-Gen in mir ist aktiviert worden. Eine sexy Eishöhle zum Frauenschänden hat was!«

Ach ja? Falls ich Steinzeitgene habe, so raten die mir, ein warmes Feuer zu machen und auf den Frühling zu hoffen. »Männer!«, schnaube ich.

»Schuldig«, sagt er. »Also machst du mit?«

»Ja … ich mache … mit«, sage ich zögerlich. *Einen Randall könnte ich umstimmen, aber niemals zwei. Verloren, Audrey.*

Während Ian mit geeigneten Bauunternehmern Termine aushandelt, verschanze ich mich in meinem Büro und durchforste das Internet nach Equipment, das auch für Tiefsttemperaturen geeignet ist. Reece hat recht, ich bin für den Job die Richtige, denn dank meines Journalistik-Studiums bin ich ein Recherche-Ass, und dank meiner Zeit an Reeces Seite weiß ich genau, worauf im Klub Wert gelegt wird.

Zuallererst brauchen wir neben den obligatorischen Isomatten Lederüberzüge, Fellaufleger und Wollteppiche. Dann die Beleuchtung, die solchen Eiswelten Glamour verleiht. Und möglichst die gleichen Spielsachen wie im Klub. Und als ich mir letztlich vorstelle, Wachs für heiße Spiele und Massageöl bereitzustellen, durchfährt mich ein wohliger Schauer. *In einem vierundzwanzig Grad warmen Büro hat die Vorstellung was.*

Nur eines stört mich: Weder Ian noch ich können letzten Endes einschätzen, wie so ein Playroom eingerichtet sein muss, damit sich keiner der Kunden oder Mitarbeiter erkältet. Dazu müssten wir in einem Eishotel übernachten und ein paar Dinge ausprobieren …

»Woah!«, mache ich und schüttele mich, als wäre das heiße Wasser in der Dusche alle und es käme nur noch kaltes aus der Leitung.

Audrey, wie kannst du nur daran denken, freiwillig einen Fuß in so ein Hotel zu setzen?!

Du weißt, warum.

Weil Reece das Tease & Please wichtig ist. Und dir der Mann wichtig ist. Genau wie auch der Klub.

»Verdammt!«

Mit einem Ruck stehe ich auf, verlasse mein Büro und steuere das von Reece an.

»Ist er da?«, frage ich seine Assistentin Peach, die im Vorzimmer sitzt und an ihrem Rechner arbeitet.

»Ist er. Aber er möchte nicht gestört werden.«

Ach so? Ich ignoriere sie. Reece und ich haben keine Geheimnisse voreinander. »Reece, ich muss dich sprech–«, beginne ich, als ich sein Büro betrete, breche jedoch mitten im Satz ab. Reece ist gerade dabei, einer brünetten Frau Nippelklemmen anzulegen. Woraufhin sie stöhnt. Sexy und sinnlich und überhaupt nicht angemessen. Sondern geil.

Nein! Feuer und Eis schießen abwechselnd durch mich hindurch. Und was bleibt, ist ein ganz eigenartiger Schmerz. Weil ich das zwischen uns für perfekt gehalten habe. Aber das hier ist das Gegenteil von ›perfekt‹.

Ich atme *nicht* tief durch. Ich zähle *nicht* langsam bis drei. Und ich riskiere *keinen* zweiten Blick. Ich mache nichts von alldem, sondern sehe rot und rufe: »Du Scheißkerl! Und ich mach mir scheißviele Gedanken wegen deines Scheißklubs!« Dann stürme ich nach draußen und knalle die Tür, die ich eben noch voller Euphorie geöffnet habe, hinter mir zu.

Wie kann er nur?!

Im ersten Moment möchte ich nach Hause, mich in mein Bett werfen und losheulen. Dann wird mir klar, dass *mein* Zuhause auch *sein* Zuhause ist. Und mein Bett ist auch seines. *Unpraktisch.* Also ändere ich den Kurs und steuere den Treppenflur an.

»Hey, Audrey, was ist los?«, höre ich Ian mir hinterherrufen.

»Nichts«, lüge ich und lasse ihn stehen. *Nur die größte Katastrophe, die ich mir vorstellen kann. Dass der Mann, den du liebst, dich betrügt.*

Ich nehme die Treppe nach unten, bis meine Knie irgendwo zwischen Etage zehn und zwanzig so weich werden, dass ich anhalte und mich auf eine der Stufen sinken lasse. Ich schließe die Augen und versuche, mich zu beruhigen, aber stattdessen sehe ich die Szenerie wieder vor mir.

Das geschlossene Büro.

Reece und die halb nackte Frau.

Und dass es beiden gefallen hat.

Mist, Mist, Mist.

REECE

»Sie ist einfach rein«, entschuldigt sich Peach. »Es tut mir leid.«

»Das sollte es auch«, knurre ich, verliere keine Zeit, lasse Shanice, das Nippelklemmen-Model, und ihren Chef Bill stehen und renne Audrey hinterher.

Ich bin wütend auf sie, weil sie in mein Büro geplatzt ist.

Sauer, dass sie nicht mal eine Erklärung abgewartet hat.

Und verdammt besorgt, weil mir ihre Worte nicht aus dem Kopf gehen. Sie hat verletzt geklungen. Unglaublich verletzt. Und ich weiß, dass sie vieles wegstecken kann, aber nicht, wenn es um BDSM geht – oder um die Menschen, die ihr am Herzen liegen.

»Audrey, warte!«, rufe ich ihr hinterher. Schön laut, sodass auch jeder in den Büros mitkriegt, dass es beim Chef-Pärchen kriselt. *Sollen sie doch!*

Ich sehe, wie Audrey ins Treppenhaus verschwindet, und folge ihr. Bis ich keine Schritte mehr höre – dafür jedoch ihr Schniefen, so als würde sie versuchen, nicht zu weinen.

Fuck!

»Wehe, du sagst mir, es war nicht das, wonach es aussah«, ruft Audrey und steht auf, sobald sie mich kommen sieht. »Die Frau war nackt, und ihr hat gefallen, dass du an ihren Nippeln herumgefummelt hast. Ist es nicht so?«

»Ja, schon, aber –«

»Stopp!« Sie hebt die Hand – die zittert, weshalb sie sie schnell zu einer Faust ballt. »Mehr musst du mir nicht erklären.«

»Da irrst du dich. Es gibt da so einiges –«

»Ich will es nicht hören.«

Sollte sie aber! Weil da nichts lief. »Ich könnte dich zwingen«, versuche ich es auf die spielerische Tour, die eigentlich immer klappt.

Ein warnendes Knurren ist ihre Antwort. *Das ist neu.*

»Gut, dann keine Erklärungen meinerseits«, bleibe ich ruhig, obwohl ich alarmiert bin. Audrey ist kühl und distanziert, so als würden wir uns kaum kennen und wären nicht schon Monate zusammen. »Was wolltest du von mir?«, wechsele ich das Thema und muss grinsen. »Mir das Freeze & Please doch noch ausreden?«

Ihr Blick bleibt eisig, als wäre sie eine Superheldin – *Arctic Audrey!* – und könnte einen damit schockgefrieren.

»Nein, dich fragen, ob wir eine Nacht in einem Eishotel übernachten können, um zu testen, welche Spielchen bei den Temperaturen funktionieren und welche nicht«, sagt sie, schluckt, wirkt endlich gefasster. »Ich dachte an drei Zimmer. Eines für uns, eines für Ian und Catherine und eines für Nikki und Kosto.«

»Das ist eine großartige Idee«, sage ich, gehe auf sie zu und will sie in den Arm nehmen, aber sie sträubt sich. »Himmel, was ist nur los, Kleines?«

»Du hast dir nicht die Hände gewaschen?«

Merkwürdige Frage. »Ähm … Nein.«

»Dann fass mich jetzt bloß nicht an.«

Ich brauche eine Sekunde … »Weil ich damit die Frau berührt habe?«

»Ja.«

Ich seufze und ziehe Audrey gegen ihren Willen trotzdem enger an mich. Ich muss einfach. »Dir nachzujagen war mir wichtiger.«

»Lass das!«, faucht sie.

»Nie«, sage ich. *Das muss sie doch wissen.*

»Bitte!« Sie wehrt sich heftiger.

»Damit du dich mir wieder entziehst? Nein!«

Sie boxt mich in die Seite. »Nein?!«

Ich beuge mich an ihr Ohr. »Nein, Kleines.«

»Rot!«, sagt sie da.

»Du benutzt ein Safeword?«

»Ja, tue ich.«

Ich lasse mich nicht beirren. »Nur zu deiner Information: Außerhalb einer Session hab ich eine Rot-Hörschwäche.«

»Reece!«, ruft sie frustriert und seufzend, weil sie nachgibt.

»Ja?«, sage ich.

»Du bist unmöglich.«

»Und du bist die Liebe meines Lebens.«

Als wären das die Zauberworte, lässt sie endlich meine Nähe zu, lehnt sich an mich und atmet meinen Geruch ein. *Zum Glück.* Ich entspanne mich.

»Geht es jetzt wieder?«, frage ich sie nach einer Weile und lockere den Griff.

»Keine Ahnung«, sagt sie, was nicht ganz das ist, was ich hören will, dafür jedoch ehrlich gemeint ist. »Lass mich bitte los.«

»Und dann?«

»Dann suche ich mit Peach zusammen nach zwei Tagen, die wir uns schnellstmöglich alle freinehmen können, und buche das Hotel. Einverstanden?«

»Einverstanden«, sage ich. Dabei gibt es noch so viel zu besprechen. Aber jetzt ist der falsche Moment. »Kleines?«, sage ich daher nur, als sie sich zum Gehen abwendet.

An der Tür vom Treppenaufgang zu den Büros zögert sie, die Hand schon auf der Klinke.

»Audrey?«

Endlich dreht sie sich zu mir um. »Was?«

»Ich liebe dich.«

»Ich …« Sie stockt. »Ich mag dich auch, Reece.« Damit stößt sie die Tür auf und geht.

Fuck!

Ich mag dich auch?!

Ich MAG dich auch?

Ein Teil in mir möchte Audrey hinterherlaufen und sie zwingen, sich nun doch all die Sachen anzuhören, die ich ihr zu sagen habe. Ich liebe sie und würde sie nie hintergehen. Wie kann sie das auch nur annehmen?

Aber dann denke ich mir: Wie hätte ich ihr erklären sollen, dass ich dabei war, ihr ein Weihnachtsgeschenk auszusuchen? Nippelklemmen für ihre superempfindlichen Brüste. Weil ich weiß, dass sie den Anblick mag, nur den Schmerz hasst. Und das hab ich jetzt davon. Das nächste Weihnachten schenk ich ihr Pralinen! Oder lasse von meinem Schwanz eine Nachbildung aus Schokolade anfertigen. *Wobei sie wahrscheinlich genauso wie vorhin reagieren würde, wenn sie in die Vermessung stolpern würde!*

Statt mit dem Fahrstuhl hochzufahren, nehme ich jede einzelne Stufe, bis ich wieder bei den Geschäftsräumen des Tease & Please bin, um Zeit zu schinden und mich etwas zu beruhigen.

Peach kommt mir entgegen, sobald ich etwas außer Atem zurück bin.

»Alles in Ordnung?«, fragt sie.

»Keine Ahnung«, gebe ich zu und will mit meiner Assistentin auch nicht diskutieren, was eben vorgefallen ist. Sonst explodiere ich, weil sie Audrey überhaupt in mein Büro gelassen hat. »War sie schon hier?«, frage ich.

»Ja, war sie. Sie hat mich gebeten, nach zwei freien Tagen für euch alle zu suchen.«

»Und? Hast du welche gefunden?«

»Ja, nach dem Wochenende. Gleich Montag und Dienstag«, sagt sie, zögert und fügt hinzu: »Aber ich hab im Eishotel in Quebec bisher nicht reserviert. Ich war mir nicht sicher, ob ich das sollte.«

»Unbedingt. Und buch die Kosten auf das Firmenkonto.«

Ich kassiere einen irritierten Blick.

Klasse, zweifeln heute alle Frauen an meinem Verhalten? »Es handelt sich um eine Rechercheriese«, erkläre ich, obwohl ich das eigentlich nicht müsste.

»Ist gut, mache ich.«

»Bill und Shanice sind noch da?«, frage ich.

»Sind sie.«

»Na dann!« Ich atme tief durch und setze mein professionelles Lächeln auf. »Und dieses Mal bitte keine weiteren Unterbrechungen, Peach. Ich fände es ziemlich merkwürdig, wenn ich mich und meine Besucher in meinem Büro einschließen müsste, um meine Ruhe zu haben.«

»Alles klar«, sagt sie.

Gespielt entspannt geselle ich mich wieder zu meinen Gästen. »Wo waren wir stehen geblieben?«

3. Kapitel

AUDREY

Mistkerl!

Mein Mistkerl.

Aber trotzdem: Mistkerl, denke ich mir aufgebracht und gehe Reece den Rest des Tages aus dem Weg.

Natürlich weiß ich, dass es für die halb nackte Frau in seinem Büro einen triftigen Grund geben wird. Wenn ich so darüber nachdenke, dann wird sie sehr wahrscheinlich ein Model sein, das Sexspielzeug vorführt, in der Hoffnung, dass Reece es im Klub einsetzt. Das passiert öfter und ist ein gutes Geschäft für die Hersteller. Jeder weiß, dass das Tease & Please auf Qualität achtet – und Spielzeuglieferant für den Klub zu sein ist so was wie eine Auszeichnung, um die sich viele reißen.

Was mich stört, ist die Heimlichkeit. Wir besprechen sonst immer alles. Miteinander zu reden ist unglaublich wichtig, vor allem in einer BDSM-Beziehung. Hätte Reece gesagt: *Hey, Audrey, ich habe heute einen Termin mit Nippelklemmen. Ich weiß, du reagierst auf das Thema sensibel, also stör mich besser nicht*, dann wäre das in Ordnung gewesen. Aber er hat es hinter meinem Rücken getan!

Hinter! Meinem! Rücken!

Ich bin richtig froh, dass Reece noch im Klub zu tun hat, als ich schlafen gehe. Ich will mich nicht streiten. Gleichzeitig vermisse ich ihn.

Fröstelnd wickele ich mich in meine Decke. Doch da die nicht reicht, stehe ich noch mal auf und hole mir eine weitere.

Besser, denke ich mir. Wenn auch kein Ersatz für die warme, beruhigende Nähe dieses Mannes.

Ich brauche ewig, bis ich einschlafen kann. Und kaum bin ich eingeschlafen, habe ich das Gefühl, schon wieder geweckt zu werden. Von Reece. Und seinen Lippen, seinen Händen, seinem Körper.

»Geh weg«, murmele ich.

»Immer noch sauer auf mich?«, haucht er mir zärtlich ins Ohr.

»Nein, mir ist nur unglaublich warm.« *Eine glatte Lüge.*

»Lass mich das kurz überprüfen. Meine Hände sind dieses Mal gewaschen«, sagt er sanft, tastet im Schutz der Decke nach mir und fährt die Formen meines Körpers nach.

Ein Schauer durchfährt mich, weil mir gefällt, was dieser Mann macht. Dennoch rücke ich ab. »Ich bin müde, lass mich schlafen. Gute Nacht, Reece.«

Er seufzt in die Dunkelheit des Schlafzimmers hinein. So lang und tief und frustriert, dass ich beinahe schwach werde. Aber nur beinahe. Denn ich bin immer noch verletzt.

Hätte er mir einfach was gesagt!

Wieder versuche ich einzuschlafen, doch es fällt mir schwer, weil mir nicht warm genug ist. Wie ich die Nacht in diesem Eishotel überstehen soll, ist mir schleierhaft.

Reece scheint mit dem Einschlafen dagegen keinerlei Probleme zu haben. Vermutlich weil er mal keine kalten

Füße von mir unter seiner Decke hat. Er rührt sich kaum, und seine Atemzüge sind gleichmäßig und tief, so wie ich sie kenne. Und unglaublich verlockend.

Ach, scheiß drauf!, denke ich mir und rücke zu ihm ran, seufze wohlig, als ich seine Wärme spüre, und schmiege mich gänzlich an ihn, als er seinen Arm einladend öffnet und mich an sich zieht.

»Besser?«, fragt er leise und küsst in der Dunkelheit meine Schläfe, was mir sagt, dass er gar nicht geschlafen, sondern mich ausgetrickst hat.

»Ich bin immer noch sauer«, sage ich, dabei durchflutet mich eine Welle aus Zärtlichkeit und Liebe für diesen Mann.

Wieder ein Kuss. »Und?« Er meint, wie es mir geht.

»Ja, besser«, gebe ich zu und erschauere wohlig, als er sein Bein über mich legt und mich so eng an sich zieht, als könnte ich heimlich abhauen. So wie er es seit unserer ersten Begegnung macht. So wie ich es brauche. So wie ich es liebe. Haut an Haut. »Nur –« Ich stocke.

»Nur was?«, hakt er leise nach.

Das Bild, wie Reece die Frau befummelt, taucht wieder vor meinem inneren Auge auf. »Was hatte die Frau in deinem Büro zu suchen?«

»Jetzt darf ich es also doch erklären?«, fragt er und streichelt über meinen Rücken.

Seine Wärme durchdringt mich, und sein Duft steigt mir in die Nase. »Ja, bitte.«

Er drückt mir einen Kuss ins Haar, umschlingt mich enger. »Bill hat sie mitgebracht, um ihm bei der Präsentation der neuen Nippelklemmen zu helfen.« Ich spüre, wie er mich anschaut, und weil es bei mir nicht klick macht, erklärt er: »Bill, unser Spielzeuggroßhändler.«

»Es sah so aus, als würde dir dein Job gefallen«, sage ich kleinlaut, beruhigter, aber – ich kann es nicht ändern – immer noch etwas angefressen.

»Weil es so wahr«, meint er ruhig und küsst mich wieder. »Du weißt, dass ich meinen Job liebe.«

»Mmpf«, entfährt mir nur, weil ich mich echt dämlich verhalten habe. Aber ich hab eben gefühlt, was ich gefühlt habe. »Warum hast du es mir nicht vorher gesagt?«

»Ich dachte, das hätte ich.«

Fast will ich es auf sich beruhen lassen. Aber da ist noch etwas, das mich stört ... »Und warum wollte mich Peach erst nicht durchlassen?«

»Weil den ganzen Tag Leute in mein Büro geplatzt sind. Du weißt doch, wie es manchmal läuft. Ich wollte nur ein Mal nicht gestört werden.«

Ich verdaue, was er sagt. Das alles ergibt Sinn. Es ist so, wie ich es mir gedacht habe. Ich drehe völlig grundlos durch. *Himmel!* »Entschuldige«, sage ich leise, obwohl ein Rest Unbehagen bleibt.

»Schon gut«, meint er nur. »Lass uns schlafen. Es ist spät geworden.«

Aber ganz gut ist es doch noch nicht.

***

Als ich am nächsten Morgen aufwache, werde ich an den Handgelenken gepackt und auf den Rücken gedreht. Ich öffne die Augen, und Reece thront mit diesem sexy entschlossenen Blick über mir. Woraufhin Lust durch meinen Körper peitscht.

»Ist zwischen uns wieder alles okay?«, fragt er und gibt mir einen Kuss, den ich sofort hungrig erwidere, bis mich die Ereignisse vom Vortag einholen und ich meinen Kopf wegdrehe. »Nein, offensichtlich nicht«, beantwortet er selbst seine Frage und streicht zärtlich durch meine Haare, als wäre ich die schönste Frau der Welt. Was ich morgens mit zerzausten Haaren definitiv nicht bin!

»Nein, leider nicht«, bestätige ich. Auch wenn ich nicht mehr ganz so sauer und verletzt bin wie am Vortag.

»Ich wüsste da etwas, das das ändert«, meint er, beugt sich wieder über mich, küsst mich und lässt dabei seine Hand unter den Bund meiner Schlafshorts gleiten.

»Oh Gott!«, schnappe ich nach Luft, als seine Finger meine Mitte berühren, müsste mich wehren, aber liebe, wie er mich berührt, und öffne mich ihm unwillkürlich weiter. »Hör auf!«

»Hör du doch auf«, meint er zufrieden lächelnd.

»Reece, so geht das nicht!« Auch wenn es sich toll anfühlt.

»Ich finde meine Methode ziemlich gut«, sagt er und reibt mit dem Daumen über meine Klit, was sich für meinen ausgehungerten Körper heftiger anfühlt als sonst.

»Bitte, tu das nicht!«, flehe ich, dabei will ich den Orgasmus. Nur nicht unter diesen Umständen, als Mittel zum Zweck. Das ist so, so, so falsch.

»Gut, ich nehme meine Finger von deiner Klit …«, sagt er und streift mit seinen Lippen meine. »… und berühr dich stattdessen hier«, erklärt er, schiebt sie in mich und verwöhnt mich tiefer.

»Reece!«, entweicht mir zugleich knurrend und keuchend, sauer und zufrieden. Wir klären Probleme nie im Bett. Das ist der falsche Ort dafür.

»Wie heißt es richtig?«, fragt er und beißt mich warnend in die Unterlippe, sein Zeichen, dass es hier nicht nur um Sex geht, sondern eine Session werden soll. *Mist.*

»Sir … Es heißt normalerweise Sir … Aber gerade jetzt kann ich nicht … Jaaa!« Während seine Finger in mir sind, reibt sein Daumen über meine Klit. Die Nähe ist zu viel. Ich komme. *Himmel! Und wie!* Lust peitscht durch mich hindurch, ich erzittere, recke mich ihm entgegen, koste das Gefühl bis zum Letzten aus und sinke schließlich zurück ins Kissen.

»Schau mich an, Kleines!«

Obwohl ich nicht will, gehorche ich, blicke Reece tief in die Augen, lasse ihn sehen, was ich gerade nicht sagen kann. Dass ich ihn liebe. Natürlich tue ich das. Wie könnte ich nicht? Er ist der Mann, der meine Welt auf den Kopf gestellt hat. Derjenige, der mich glücklich macht. Derjenige, mit dem ich mir eine Zukunft ausmale. Jeden Tag aufs Neue.

»Wie konntest du nur!«, sage ich dennoch, weil er Sex benutzt hat, um mich gefügig zu machen, kämme dabei jedoch zärtlich mit den Fingern durch seine Haare.

»Sorry, ich brauchte das«, sagt er.

Zu sehen, dass ich ihn liebe, wird mir klar. Und die Tiefe seiner Worte und die Sehnsucht dahinter schnüren mir die Kehle zu. *Ja, er hat mir wehgetan. Aber wie konnte ich umgekehrt ihn verletzen? Das willst du doch gar nicht, Audrey.*

Am liebsten würde ich ihm jetzt laut sagen, was ich empfinde. Aber ich bringe die Worte nicht über die Lippen. Ich liege nur da, unter ihm, glühe von meinem Höhepunkt, spüre, wie erregt er noch ist. Und als Reece mich an sich zieht, gebe ich nach, schmiege mich an ihn und gehöre ihm. Ihm allein.

»Aber nur für fünf Minuten«, sage ich leise. Weil ich das hier will und doch nicht will.

»Ich nehme jede, die ich kriegen kann.«

Dass mich eine Frau mal so schwachmacht! Aber Audrey ist es wert. Immer. Denn ich brauche keine Session, das ist mir schon am Anfang, als wir uns kennengelernt haben, klar geworden. Ich brauche sie. So einfach ist das.

Obwohl ich die Zeit mühelos überziehen könnte, bin ich es, der sich nach fünf Minuten löst, aufsteht und sich als Erster unter die Dusche stellt. Wenigstens einer sollte sich erwachsen benehmen. Dass Audrey mir nicht folgt, bedauere ich zwar, es wundert mich jedoch nicht. *Du hast ihr echt wehgetan, Randall. Ganz ohne Paddle und Peitsche. Gratuliere.*

Sobald ich im Bad fertig bin und mich angezogen habe, setze ich Kaffee für uns beide auf und mache Audrey Frühstück.

»Brauchst du mich heute im Klub?«, fragt sie, als sie in einer Parfümwolke ihres Duschgels an den Tresen tritt, an dem wir gestern Sex hatten, sich Kaffee eingießt und ihn im Stehen trinkt.

»Was hast du vor?«

»Dinge.«

»Dinge?« *Mysteriöser geht es wohl nicht!*

»Soll ich dich noch mal fragen?«, faucht sie, macht sich jedoch über den Toast, den Bacon-Berg und die Eier her, die ich ihr zubereitet habe.

»Hör mal, ich will mich nicht mit dir streiten«, sage ich.

»Da sind wir schon zwei«, sagt Miss Morgenmuffel. »Also? Ich frag dich als meinen Boss, ob du mich brauchst. Sei froh, dass ich mit Mr Randall noch normal rede.«

Normal? Finde ich nicht! »Mit mir als deinem Freund gibt es also nichts zu besprechen?«

»Nicht dass ich wüsste.«

Ungewollt klettert mein Puls in die Höhe, doch ich versuche, ruhig und beherrscht zu bleiben. Ich bin Dom. Die Kontrolle zu behalten ist quasi Teil meiner DNA. *Sie will wissen, ob ich sie im Büro brauche? Bitte schön!*

Ich nehme mein Tablet, logge mich in die Aufgabenverwaltung des Klubs ein und gehe die Termine des Tages durch. Bei einer Sache hätte ich Audrey gerne vor Ort dabei. Aber so geladen, wie sie ist, sollte die Aufgabe lieber Dallas vom Sicherheitsteam übernehmen.

»Nein, ich brauche Sie nicht, Ms Montgomery«, sage ich daher. »Wenn Sie heute einen Tag freihaben wollen, ist das okay.«

»Danke, Mr Randall«, sagt sie. *Immerhin das erste nette Wort, seit sie das Bett verlassen hat.*

»Und du willst mir nicht verraten, was du vorhast?«, frage ich ruhig.

»Warum sollte ich? Du sagst mir ja auch nicht, was du vorhast.« Sie wartet kurz, ob ich was erwidere, aber mir fehlen die Worte. Ich habe mich entschuldigt und es ihr erklärt. So nachtragend kenne ich sie nicht. Daraufhin kippt sie ihren Kaffee hinunter, steht auf und räumt ihr leeres Geschirr weg. Dann geht sie und steigt in ihre Stiefeletten.

Lass sie, Randall!

Nun zieht sie sich ihren Wollmantel an.

Sie explodiert nur wieder.

Aber ich kann es nicht gut sein lassen. »Warte!«, rufe ich ihr hinterher, erwische sie gerade noch im Flur und fange sie mit einem meiner Schals wie mit einem Lasso ein.

»Was soll das denn, Reece?«, empört sie sich, wobei verräterisches Verlangen ihre Augen verdunkelt.

»Es schneit wieder«, sage ich. »Nimm den mit!« Ich wickele ihr den Schal richtig um den Hals.

»Dann hast du keinen.«

Ich muss schmunzeln. *Jetzt also doch um mich besorgt?* »Ich hab im Gegensatz zu dir mehr als einen warmen Schal im Schrank.«

Sie atmet den Geruch vom Stoff ein, meinen Geruch, und es ist um mich geschehen. Statt sie wie geplant loszulassen, fessele ich sie mit meinem Körper an der Wand.

»Reece, lass das!«, protestiert sie. Allerdings schwach, sehr schwach.

»Ich stelle nur sicher, dass du auch wirklich warm eingepackt bist, Kleines«, sage ich, zupfe an ihren Sachen, schließe letzte Lücken zwischen dem Stoff und ihrer Haut und tue, was sie mich tun lässt. Wobei sie zittert. »Kalt?«, frage ich, dabei weiß ich, dass das Gegenteil der Fall ist.

»Du bist unmöglich«, antwortet sie und drückt mir einen schnellen Kuss auf die Lippen. Überrascht lasse ich sie los, und sie entschlüpft mir. *Mist!*

»War das ein Trick, um mir zu entkommen?«, rufe ich ihr hinterher und sehe, wie sie am Fahrstuhl stehen bleibt und sich noch mal zu mir umdreht.

»Nein, Sir.« Nun grinst sie, zum ersten Mal seit einer gefühlten Ewigkeit so spielerisch, wie ich sie kenne. »Das war ein ›Ich mag dich auch‹. Kein Trick.« Der Fahrstuhl kommt, und sie betritt die Kabine. »Bis später!« Die Türen schließen sich, und sie ist weg.

Ich reibe mir übers Gesicht und beschließe, mir noch einen Kaffee zu machen.

Diese Frau!

Aber immerhin klang ihr ›Ich mag dich auch‹ dieses Mal fast wie ein ›Ich liebe dich‹.

***

Sobald ich mich durch die schlecht geräumten Straßen zum Klub durchgekämpft habe, packe ich die Spielzeuge zusammen, die Audrey in der Nacht im Eishotel testen will. Drei Taschen für jedes Paar von uns. Mit Fesselequipment, Paddles, Massageöl, Wachs und diversen Dildos. *Netter Kram.*

Die ganze Aktion dauert wesentlich länger, als ich geplant hatte, macht jedoch unerwartet Spaß. *Audrey wird schon warm werden, und sie wird das genießen. Definitiv.*

Grinsend stapfe ich mit Tasche eins durch den Schnee zum Wagen, komme ins Schlittern, schaffe es noch, die Tasche samt Inhalt abzustellen, aber knalle hin, bevor ich das Gleichgewicht halten kann.

»So eine Scheiße!«, fluche ich. *Nein, Randall, Schmerz ist echt nicht deins.*

Die Handflächen, auf denen ich mich abgefangen habe, brennen. Sonst ist mir zum Glück nichts passiert. Stöhnend stemme ich mich hoch, klopfe mir den Schnee von den Hosenbeinen und greife wieder nach der Tasche.

»Alles okay mit dir?«, fragt Ian, der aus irgendeinem Grund nicht im Randall Tower, sondern im Klub ist, zu mir kommt und mir hilft, die erste Ladung in den Wagen zu hieven.

»Nur ein kleiner Stunt«, nehme ich es mit Humor.

»Eine Spielzeugtasche für jeden?«, fragt er.

»Ja, damit keine Langweile aufkommt.« Nicht dass das je passieren würde – ob nun mit Spielzeug oder ohne.

Ian packt mit an, und gemeinsam tragen wir die restlichen Taschen zum Wagen.

»Ich freu mich schon drauf, das Equipment am Flughafen als Sondergepäck aufzugeben«, sagt er.

»Nervös?«, ziehe ich ihn auf. »Keine Sorge, ist nur beim ersten Mal schlimm. Wenn dich die Beamten bitten, die

Peitschen und Paddles auszupacken und dabei ihre Waffen auf dich richten.«

»Ha, ha! Schon vergessen? Ich bin Anwalt und kenne meine Rechte.«

»Etwas zu kennen ist nicht das Gleiche, wie es anzuwenden. Das solltest du mittlerweile wissen.« *Schließlich hatte er lange Bedenken, seine dominante Ader auszuleben, weil er dachte, er würde jemandem Gewalt antun. Dabei ist das etwas völlig anderes.*

»Was schlägst du also vor?«

»Über jeden dummen Spruch, der zum Equipment kommt, höflich zu lachen.« Und da gibt es so einige. *Wer das braucht, damit die Frau hört … Nicht genug Cowboy und Indianer gespielt … Holt sich bestimmt nachher einen runter, weil wir ›Bitte, Sir‹ und ›Danke, Sir‹ gesagt haben …*

»Krieg ich hin«, sagt er.

Wird er. »Apropos Auftritt als Anwalt: Kannst du Dallas noch Bescheid geben, dass er öfter streuen und räumen lässt?«

»Hast du dich eben ernsthaft verletzt?«

So ist Ian, in der einen Sekunde witzelnd, in der nächsten ernst. Ich zeige ihm meine Hände. »Nur Kratzer, nichts, woran ich sterben werde. Aber wenn ich mir vorstelle, einem unserer Kunden wäre das passiert …« Ich muss grinsen. »Und er tut sich weh, bevor ihm im Klub wehgetan wird … Das wäre schlecht fürs Image.«

Ian lacht mit, weiß jedoch, was ich meine. »Kein Ding, ich kümmere mich drum.«

»Was machst du überhaupt hier?«, frage ich.

»Aufseher spielen«, sagt er. »Man hat Sichtschutzwände aufgestellt, damit unsere Gäste durch den Ausbau nicht gestört werden. Und es waren Leute da, die die Fläche für das Freeze & Please vermessen haben.«

»Sehr gut«, sage ich. Wenn alle weiterhin so schnell arbeiten, könnte es diesen Winter wirklich was werden.

»Ich hätte es noch besser gefunden, wenn Audrey mit dabei gewesen wäre. Wo steckt sie?«

»Wenn ich das wüsste!«, entfährt mir. Ich kassiere einen fragenden Blick von Ian und füge hinzu: »Ich hab ihr freigegeben, aber sie wollte mir nicht verraten, was sie vorhat.«

»Sich vielleicht ein Bärenfell-Outfit für die Eishöhle besorgen?«

Was hat er bitte für Fantasien von meiner Freundin?! »Sehr witzig, Ian!«

»So humorlos, großer Bruder? Du könntest zumindest so tun, als wäre das lustig.«

Mit einem Ruck schließe ich den Kofferraum.

»Also Catherine kauft sich ein Bärenfell«, meint Ian. *Aha, daher die Fantasie. Besser.* »Sie ist total aufgeregt und hat so viele Ideen, dass ich mich fast in meiner Dom-Ehre gekränkt fühle. Als hätte sie das Sagen!«

Jetzt muss ich doch lachen, weil die ganze Dom-Sache für meinen Bruder noch recht neu ist und Catherine quasi indirekt tatsächlich das Sagen hat. Auch wenn ich ihm das nicht auf die Nase binden werde. »Tja, Audrey würde sich lieber einen Bikini kaufen«, sage ich.

Ian sieht mich verständnislos an.

»Um in der Karibik Urlaub zu machen«, ergänze ich.

»Deshalb die schlechte Stimmung bei euch?«

Ich fahre mir über den Kopf und spüre tauenden Schnee im Haar. »Könnte sein, dass sie was gesehen hat, was sie nicht hätte sehen sollen. Die Details will ich nicht breittreten. Es war ein Missverständnis. Leider weigert sie sich, mir zu verzeihen.« *Typisch Audrey! Diese Frau kann so verdammt dickköpfig sein!*

»Und du zwingst sie nicht? Das ist doch deine leichteste Übung.«

»Dieses Mal ist es anders.« *Ganz anders.* Ich mache eine abwinkende Handbewegung. »Aber egal. Ich freue mich auf das Hotel und kann nicht glauben, dass es übermorgen schon losgeht.« Ich bin abmarschbereit.

»Wenn du einen Rat brauchst, meld dich.«

»Von dir?« *Das wäre ja ganz was Neues.*

»Ich bin nicht nur dein kleiner Bruder, sondern rein zufällig auch Anwalt. Konflikte zu lösen ist meine Spezialität.« Er klopft mir auf den Rücken. »Mach ich für dich sogar pro bono.«

Sehr großzügig! Ich lache. »Du stehst auf dem Gehaltszettel des Klubs. Ich bezahle dich, ob du willst oder nicht.«

Er zuckt mit den Schultern. »Trotzdem, wenn was ist, sag Bescheid.«

»Sicher«, antworte ich. Aber mal ehrlich: werde ich nicht. Das ist eine Sache zwischen Audrey und mir.

***

Als ich nach Hause komme – im Schritttempo, weil der Schnee so heftig fällt –, ist es bereits dunkel. Im Penthouse brennt Licht, und ich entdecke im Flur jede Menge Tüten, aus denen Skioveralls quellen.

Weil Audrey einkaufen war.

Das hätte sie auch sagen können!

»Willst du dir deine kalten Füße nicht mehr bei mir wärmen?«, rufe ich und lege meine Sachen ab. *Stille.* »Audrey?«

In der Wohnung ist es ruhig, geradezu unheimlich ruhig. Umso überraschter bin ich, als ich Audrey an der verglasten Wand zur Dachterrasse stehen und nach draußen schauen sehe.

»Ist alles okay?«, frage ich vorsichtig. Nicht dass was mit Nikki ist. Oder es einen Vorfall im Klub gab. Oder … *Stopp, Randall. Sie steht hier vor dir. Kein Grund, vom Schlimmsten auszugehen.*

»Ich konnte dich auf dem Handy nicht erreichen«, sagt sie leise, und an ihrer Stimme höre ich, dass sie geweint hat.

Oh Kleines …

Ich trete hinter sie, lege die Arme um ihren zierlichen Körper und ziehe sie an mich. Und sie dreht sich um und umschlingt mich, ist total anhänglich, ganz anders als heute Vormittag.

»Worum ging es denn?«, frage ich und spiele mit ihren Haaren.

»Du warst im Klub?«, fragt sie.

»Und?« *Das ist nichts Neues.*

»Im Fernsehen bringen sie seit Stunden, dass es auf der Interstate vermehrt zu Unfällen kommt.« Sie sieht kurz zu mir hoch und schmiegt sich wieder an mich. »Seit *Stunden.*«

Angsthase, will ich sie necken, aber weil sie das hier so ernst nimmt, lasse ich es. »Mir geht es gut«, sage ich und wiege sie leicht. »Ich fahre vorsichtig, das weißt du doch.« Ich reibe über ihre Schultern und spüre durch den dicken Sweatshirt-Stoff, wie kühl ihre Haut ist. »Verdammt, Audrey, was ist denn nur los mit dir?«

»Was mit *mir* los ist?«, wird sie lauter und macht sich frei. *Bye, bye, sanfte Audrey. Hallo Tiger-Sub.* »*Du* hättest *tot* sein können!«

»Warte mal: was?!«

Statt etwas zu erklären, atmet sie tief durch und beruhigt sich etwas. Aber sie entschuldigt sich nicht für ihren Ausbruch. »Schön, dass du endlich da bist. Ich geh dann mal meine Einkäufe auspacken«, sagt sie. »Ich hab dir auch ein paar Sachen mitgebracht. Ich hoffe, sie gefallen dir. Probierst du sie an?«

»Sicher.« *Solange es keine Pullover mit Rentieren sind.*

Ich folge ihr ins Wohnzimmer, wo sie den Inhalt der Tüten auf dem Sofa verteilt, und muss grinsen, als sie mit dem Reißverschluss eines Skianzugs kämpft.

»Ich bin zwar eher geübt im Ausziehen, aber ich helf auch gerne beim Anziehen«, sage ich. »Soll ich?«

Ergeben hebt sie die Hände. »Tu dir keinen Zwang an.«

Ich streife mit meinen Lippen ihre, liebe den Kontakt zu ihr. »Wie heißt das richtig?«

Ihr Atem geht plötzlich wieder tiefer, und ich genieße die vertraute Hitze in ihrem Blick. »Bitte, Sir, hilf mir.«

Nicht alles ist anders. Sehr gut. Damit komme ich klar.

4. Kapitel

AUDREY

Gemeinsam probieren wir die Sachen an, die ich gekauft habe, und ein wenig von der Anspannung fällt von mir ab. Bis mein Blick über Reeces Körper gleitet und ich sehe, dass seine Hände ziemlich ramponiert sind.

Unwillkürlich klettert mein Puls in die Höhe. *Verdammtes Herz!*

»Du hattest doch einen Unfall!«, rufe ich anklagend und suche ihn sofort nach weiteren Verletzungen ab. »Ich wusste es! Was ist passiert?«

Überrascht sieht er mich an, bis er merkt, dass ich von seinen Händen spreche. »Das ist nichts. Ich bin ausgerutscht, mehr nicht.« Er grinst. »Wetten, ich kann dir damit noch den Hintern versohlen, wenn ich muss?«

Lach, Audrey! Er flirtet. Dein sexy Freund flirtet mit dir. Aber ich kann nicht.

»Es tut wirklich nicht weh?«, forsche ich nach.

Lächelnd zieht er mich in die Arme, in halb heruntergelassenen Latzhosen und einem neuen Fleeceshirt, das besonders atmungsaktiv sein soll. »Willst du es dir anschauen?« Er streckt eine Hand aus. »Hier!«

Ich nehme seine Hand in meine und streiche vorsichtig über die Handfläche. »Es sind tatsächlich nur Kratzer«, sage ich erleichtert. *Und ja, er kann dir damit noch den Hintern versohlen, Audrey. Also reiß dich zusammen!*

»Sag ich doch«, meint er nur und drückt mir einen Kuss ins Haar, während ich einen auf seine Hand hauche. »Können wir weitermachen, Kleines?«

»Weitermachen?«, wiederhole ich.

»Ja, weitermachen«, bestätigt er, umfängt mein Kinn fest und sexy und fährt mit dem Daumen über meine Unterlippe.

Jetzt verstehe ich. Er meint nicht die Anprobe, sondern uns – und eventuell eine Session. Und sofort breitet sich wohltuende Wärme in mir aus.

»Ja, Sir, können wir«, sage ich.

»Du willst wirklich?«

»Unbedingt.«

Ein listiges Lächeln umspielt seine Lippen und macht mich feuchter. »Na, dann befreien wir dich doch mal von dieser Skihose und helfen dir in die andere.«

»Und ich zieh dir das Fleeceshirt aus und helf dir in den Norweger.« Ich halte kurz inne. »Wenn ich darf, Sir.«

»Du darfst.«

Jede Berührung von ihm erregt mich. Und jede von mir ihn. Es geht nur um den Augenblick. Er ist hier, ich bin hier, und wir haben uns. Es ist wie ganz am Anfang, und ich kann kaum glauben, als ich schließlich sage: »Sir, ich war doch böse, oder?«

»Mmh«, brummt er, während er an meinem Hals knabbert und gleichzeitig mein Oberteil hochschiebt.

»Dann bestraf mich!«

»Ich dachte, das tue ich längst«, sagt er, streift den Pulli über meine Schultern, löst ihn jedoch nicht, sondern bindet mir mit den Ärmeln die Hände hinter dem Rücken zusammen.

»Dann tue es heftiger«, keuche ich.

»Heftiger?« In seinen Augen blitzt es, als käme ihm eine Idee.

»Ja, heftiger.«

»Wie du willst.« Reece beugt sich an mein Ohr. »Geh langsam in die Knie, Kleines!«

Ich gehorche und sinke zu Boden.

»Und jetzt mach die Augen zu. Nicht schummeln! Ich bin gleich zurück.«

Was hat er vor? Holt er ein Paddle? Dildos? Plugs? Ich mache, was er will, und lausche auf seine gedämpften Schritte auf dem weichen Teppichboden. Mein Verstand will mich daran erinnern, weshalb ich sauer auf ihn bin und das hier nicht tun sollte. Gestern hat er mich unglücklich gemacht, heute mich fast vor Angst sterben lassen. Aber gerade jetzt ist er absolut perfekt.

»Lass die Augen zu!«, sagt er, woraufhin ich zusammenzucke, weil ich ihn nicht habe zurückkommen hören. »Verstanden, Kleines?«

Ich kriege mit, wie er sich hinter mir auf die Bettkante setzt. »Verstanden, Sir.«

Kaum habe ich das gesagt, da spüre ich etwas unglaublich Kaltes an meinen Brüsten. *Was zum Henker –?!* Quiekend weiche ich aus.

Reece lacht und streicht mir durch die Haare. »War das gut? Sei ehrlich!«

Gut? So würde ich es nicht nennen. Eher brennend, stechend, ziehend. In meinem Kopf wirbeln die Gedanken umher. »War das ein Eiswürfel?«, rate ich.

»Das ist nicht die Antwort auf meine Frage.«

Es müssen Eiswürfel sein. Und wenn dem so ist, dann hat Reece einen langsam um meinen Nippel gleiten lassen, der nun schmerzt – gut schmerzt, zum ersten Mal.

»Ja, das war gut, Sir«, sage ich, nachdem ich den anfänglichen Schreck überwunden habe.

Es klackert, als hätte er eine ganze Schale Eiswürfel aus der Küche geholt. »Darf ich weitermachen, Kleines?«

Mein Herz rast, aber die Antwort fällt mir leicht. »Ja, bitte.«

»Ach was! Bitte?«, wiederholt er, mit diesem teils über mich amüsierten, teils drohenden Unterton in der Stimme, den ich so liebe. »Bist du also wieder nett zu mir?«

»Ja, ich bin nett, unglaublich nett, Sir.« Und erregt. Und willig. Und bereit, alles zu tun, was er verlangt.

»Interessant«, sagt er und wiederholt die Prozedur an meiner anderen Brustwarze. »Statt mit dir ein Gespräch auf Augenhöhe zu führen, hätte ich dich also einfach nur quälen sollen, damit du wieder nett zu mir bist?«

Ich hole erstickt Luft und genieße das Kribbeln. *Dass Kälte so anregend sein kann!*

»Antworte mir!«

»Ja, quäl mich!«, stöhne ich, dabei ist das nicht wirklich eine Antwort auf seine Frage. Aber das ist uns beiden egal. So als wäre ihm mein Wunsch Befehl, nimmt er einen Nippel zwischen zwei Eiswürfeln gefangen, ganz sanft und doch so, dass mir ein Wimmern entschlüpft.

»Immer noch gut?«, fragt er nach, wobei ich seiner Stimme die Erregung anhöre.

»Ja, Sir.«

»Und wie gefällt dir das?«, fragt er.

Krass! Ich spüre Kälte an meiner Pussy – weil er einen Eiswürfel in mich geschoben hat, der sich eisig kalt anfühlt und unglaublich schnell schmilzt. »Das wird Flecken auf dem Teppich geben«, sage ich. Weil es nur eine Frage der Zeit ist, bis ich tropfe.

»Da das unser Teppich ist, ist mir das egal. Antworte einfach.« Er schiebt den schon fast geschmolzenen Eisrest noch tiefer in mich. »Wie ist das?«

»Heiß!«, stöhne ich.

»Das ist heiß?!« Er lacht. »Kleines, du hast ein seltsames Temperaturempfinden.«

»Ich kann das ja mal an deinem Schwanz machen und dann sprechen wir uns wieder!«, zische ich. Denn so abwegig ist das nicht. Erfrierungen fühlen sich ähnlich an wie Verbrennungen.

»So frech?«

Mist, ich hab mich im Ton vergriffen. »Nein … ähm … ja«, stammele ich reuig. »Es tut mir leid. Das ist mir so rausgerutscht.«

»Dagegen weiß ich Abhilfe.« Reece fährt mit einem schmelzenden Eiswürfel über meine Unterlippe. »Mach den Mund auf!«, sagt er und gibt mir einen Eiswürfel, sobald ich gehorche. »Ist das immer noch heiß?«

Ich schüttele den Kopf. Es ist kalt. So kalt, dass es hinter meiner Stirn zieht.

»Und jetzt?«, fragt er und malträtiert wieder meinen Nippel.

Himmel! Erstickt hole ich Luft und spucke fast den Eiswürfel aus. »Wärmer«, nuschele ich, wobei der Eisrest gegen meine Zähne schlägt.

»Tatsächlich?« Er grinst zufrieden. »Auf einer Skala von eins bis zehn, wie sehr willst du nun kommen?«

Endlich mal eine einfache Frage! »Zehn«, sage ich. »Mit dir.« Mein Herz rast, ich nehme Reeces Duft wahr und kann die Augen nicht länger geschlossen halten. »Bitte, Sir.«

Wir sehen uns an, und da ist Liebe und pure Leidenschaft und alles, was ich mir je erträumt habe. Reece saugt meinen Anblick in sich auf, ich seinen in mich.

»Okay, Kleines«, sagt er und zeichnet mit den Fingerspitzen die Konturen meines Gesichtes nach. »Die Strafe ist vorbei, und du darfst mit mir kommen. Allerdings nur unter *einer* Bedingung.«

Typisch Reece! »Welche?«

»Sag mir, was los ist, was dich beschäftigt, was dich so aufwühlt.«

Im ersten Moment ist alles perfekt, im nächsten ist mein Gefühlschaos zurück. *Verdammt!* »Ich mag den Winter nicht.« *Lahm, Audrey!*

»Das hab ich mitbekommen. Aber das ist nicht der Grund, warum du in letzter Zeit so reizbar bist. Hilf mir! Was ist los?«

Was will er hören? »Ich hatte wirklich Angst um dich.«

»Das tut mir leid, das weißt du. Doch das ist es auch nicht.«

»Und wie du mit dieser anderen Frau gespielt hast …« Meine Stimmung kippt komplett. Reece will erneut meine Nippel mit den Eiswürfeln quälen, aber ich entziehe mich ihm.

»Hey!«, ermahnt er mich streng. Doch das kann er sich sparen. *Hätte er einfach mit mir geschlafen. Jetzt bekommt keiner von uns, was er will.*

»Mach mich los, bitte!«, rufe ich und zerre an meinen Pulloverfesseln. »Mach schon, oder ich gehe in die Küche, hol mir ein Messer und zersäbele die niegelnagelneue, superteure Funktionskleidung.«

Ja, ich reagiere extrem. Das ist mir selbst klar. Aber ich kann mich nicht bremsen. »Worauf wartest du?!«, werde ich lauter, panischer, hysterischer.

»Wenn du stillhältst, Kleines …«

»Ich halte ja …« *Nein, tust du nicht*, merke ich. Also zwinge ich mich, Ruhe zu bewahren. Für den Moment.

»Besser?«, fragt Reece, sobald er mich befreit hat.

Ich greife nach dem Pullover und ziehe ihn richtig an, lasse das Klamottenchaos so, wie es ist, und gehe in die Küche.

Besser? Keine Ahnung!

»War das zu heftig?«, fragt Reece, der mir gefolgt ist, und sieht mich ungewohnt blass an. *Meinetwegen.*

Verdammt, antworte ihm, Audrey. Wie es normale Erwachsene tun, nicht wie durchdrehende Subs.

Ich schalte den Wasserkocher an und atme tief durch. »Das war vor allem kalt. Ich brauch jetzt erst mal was Warmes.«

Reece macht sofort einen Schritt auf mich zu.

»Nicht dich«, schiebe ich hinterher.

REECE

Es fällt mir schwer, aber ich lasse Audrey in Ruhe. Wenn sie so aufgewühlt ist, kann man nicht mit ihr reden.

Seelenruhig wichse ich im Bad, um den Ständer loszuwerden, den mir diese Frau verpasst hat. Und anders als üblich räume ich danach unsere Spielsachen weg. *Gern geschehen, Kleines.*

Nach dem Essen – wie zu erwarten allein – arbeite ich noch. Und als ich ins Bett gehe, schläft Audrey bereits – dieses Mal wirklich. Denn ein niedliches Schnarchgrunzen entfährt ihr – ein Geräusch, das sie sicher unterdrücken würde, wenn sie wach wäre.

Kaum liege ich bei ihr im Bett, dringen dennoch ihre kalten Füße in meinen warmen Bereich ein, als hätten ihre

Eisklumpen eingebaute Magnete, die sich von mir und meiner Wärme angezogen fühlen. Und es ist okay. Denn das heißt, dass nicht alles zwischen uns anders ist.

***

Der nächste Tag ändert nichts. Sie will mir erneut ausweichen. Doch ich kann sie überreden, an meiner Seite zu bleiben. Was sie auch wie eine kleine brünette Gewitterwolke tut, denn begeistert ist sie nicht. Aber so muss sie sich keine Sorgen um mich machen und ich mir weniger um sie.

Abends packen wir gemeinsam unsere Koffer. Und am Montag fahren wir zum Flughafen, wo wir auf die anderen beiden Paare treffen, die bestens gelaunt sind und sich auf die Nacht im Eishotel in Quebec freuen – und merke, dass es bei Audrey und mir nicht so ist.

Diskret nimmt mich Nikki nach der Sicherheitskontrolle beiseite. »Was hast du angestellt?«, fragt sie, da sie riecht, dass zwischen uns etwas nicht stimmt. »Ihr Hintern scheint nicht zu brennen, dann würde sie anders laufen. Aber irgendwas ist los.«

Ja, *irgendwas*. Das trifft es. *Nur was?*

»Nichts«, sage ich. »Kannst du im Flieger neben ihr sitzen?«, frage ich.

»Und für dich spionieren?«

Verlockend … »Nein, einfach für sie da sein«, sage ich. Denn Nikki auf Audrey anzusetzen, wäre wirklich ein Vertrauensbruch, ganz anders als die Nummer mit den Nippelklemmen. »Ich weiß nicht, was los ist, aber sie benimmt sich seltsam«, erkläre ich nur.

»So sind wir Montgomery-Frauen eben manchmal«, sagt Nikki und nimmt ihre Schwester in Schutz. *War zu erwarten, Randall.*

Ich seufze. »Tu es einfach! Und sag ihr am besten, es war deine Idee, nicht meine. Sonst regt sie sich bloß auf.«

»Du machst dir wirklich Sorgen?«

»Tue ich.«

»Okay, Reece, ich schau mal, ob ich was rauskriege.«

»Danke dir.«

5. Kapitel

AUDREY

»Was ist mit Reece?«, frage ich Nikki, als sie sich im Flieger neben mich setzt und anschnallt, als könnte sie niemand von ihrem Platz vertreiben.

»Er wollte was mit Kosto besprechen«, behauptet sie, stöbert in der Zeitschriftentasche des Vordersitzes, zieht ein Magazin raus und blättert darin herum.

»Du weißt, dass ich weiß, wenn du lügst?« Denn das tut sie.

»Na und?« Sie blättert unbeeindruckt weiter.

»Warum ist er dann nicht hier, sondern du?«

»Ich vermute, du kennst den Grund.«

Tue ich das? Mir kommen da einige Erklärungen in den Sinn. Weil ich ein Biest bin. Weil er Abstand braucht. *Weil er auch mal am Fenster sitzen möchte. Mist!*

Ich versuche, mich zu entspannen, doch es klappt nicht.

»Hier, etwas Sekt«, sagt Nikki fröhlich, sobald wir in der Luft sind und die Getränke serviert werden. »Du wirkst so, als könntest du was gebrauchen. Auf unseren sexy Kurztrip!«

Mir ist überhaupt nicht nach Alkohol. Aber um Nikki nicht die gute Laune zu verderben, nehme ich einen kleinen Schluck, bestelle mir dann jedoch Wasser.

»Also: Was ist los bei euch?«, fragt sie.

»Hat Reece dich gebeten, mich auszufragen?«

»Glaubst du, dein Super-Dom würde das tun?«

»Vielleicht«, gebe ich zu. Grund dazu hätte er.

Nikki wirft mir einen Blick zu, wie ich ihn in letzter Zeit auch von Reece bekommen habe. So als wäre ich nicht ich selbst.

»Nein, ich hab es angeboten«, sagt sie. »Und er hat daraufhin gemeint, ich soll einfach nur dein Händchen halten.« Wie aufs Wort nimmt sie meine Hand und verschränkt ihre Finger mit meinen. »Die sind ja eiskalt!«

»Wie immer«, sage ich und entziehe sie ihr hastig.

»Sag mal, geht es dir gut, Audrey? Wirst du vielleicht krank? Ich bin mir sicher, wenn du das Reece sagst, bricht er den Trip für euch ab und fliegt mit dir zurück.«

»Mir geht es gut«, sage ich schnell. *Ein wenig zumindest.*

»Du wirkst nicht so.«

»Nikki!«

»Was denn?«

»Hör auf damit, die ältere, weise Schwester zu spielen. Mit Reece und mir ist alles in Ordnung.«

»Dann solltest du ihm das vielleicht sagen. Er macht sich Sorgen.«

Sofort zieht sich mein Herz zusammen, und ich vermisse ihn.

»Das muss er nicht«, sage ich leise, löse meinen Gurt, richte mich auf und suche Reece zwei Sitzreihen hinter mir. Ich entdecke ihn, er plötzlich auch mich, unsere Blicke verbinden sich, und das genügt mir, damit ich mich besser fühle.

›Setz dich wieder hin!‹, gibt er mir lautlos zu verstehen, als die Maschine ruckelt.

Ich zögere, kann noch nicht.

›Setz dich!‹, kommt erneut.

Ich hauche ein »Ja, Sir!« zurück und lasse mich wieder in meinen Sitz fallen, nur um dort den kritischen Blick meiner Schwester aufzufangen.

»Audrey, was ist denn los mit dir?« Ein weiterer Laserblick. Noch durchbohrender als der vorherige. »Bist du depressiv?«

»Nein! Quatsch!« Ja, ich bin gerade komisch drauf. Aber gestern Abend, als Reece und ich die Sachen anprobiert haben, war ich nicht depressiv. Sondern erregt. Und als ich dachte, Reece liegt in einem verschneiten Straßengraben, da war ich auch nicht depressiv, sondern besorgt. »Es ist nichts. Wirklich. Und es wäre mir lieb, wenn das alle akzeptieren würden. Bevor ich anfange, mir einzubilden, da wäre was.« Ich zwinge mich zu einem Lächeln. »Siehst du, alles bestens.«

»Sagt die Frau, die lächeln will, aber stattdessen die Zähne fletscht.«

»Ha, ha.«

Sie lacht, weil sie mich auf den Arm genommen hat, und ich boxe sie spielerisch in die Seite, stimme dann jedoch in ihr Lachen ein.

»Was macht eure Muckibude, das Lords of Sports?«, wechsele ich das Thema und kneife ihr in die Seite, denn sie und ihr Freund haben vor Kurzem ein Sportstudio eröffnet. »Wie steht's um deine Bauchmuskeln?«

Sie hebt kurz ihren Hoodie an. »Dieser Schuft von Sadist tut alles, damit ich einen Waschbrettbauch bekomme. Ist das zu fassen?!«

Ja, ein furchtbar schweres Los. »Ihr kommt also klar?«

»Total gut.« Sie grinst. »Und falls mal nicht, dann sorgt Kostolany sofort dafür.« Sie wackelt anzüglich mit den Augenbrauen. »Auf seine Art. Wenn du verstehst.«

Kommt mir bekannt vor. *Reece hat auch so seine Methoden bei mir …*

»Du willst deinen Sekt übrigens wirklich nicht?«, fragt mich Nikki, als die Stewardess zum zweiten Mal herankommt und Getränke verteilt, während mein Glas kaum angerührt auf der Ablage steht.

»Nein, mir ist nicht danach. Bedien dich«, sage ich.

Sofort schnappt sie es sich, leert es und bestellt noch mal nach.

»Wirst du Alkoholikerin?«, frage ich sie irritiert.

»Die haben hier den guten Schampus«, verteidigt sie sich.

»Ach so … Na dann!«, sage ich in einem Tonfall, der deutlich macht, dass das keine Ausrede ist. Denn sorry, aber selbst wenn es der teuerste und edelste Tropfen der Welt wäre, schüttet man sich das Zeug doch nicht wie Wasser rein! Als sie erneut nachbestellen will, greife ich ein und bremse sie. »Das war es für dich. Nicht dass ich Ärger kriege, wenn ich dich nach der Landung randvoll bei Kosto abgebe.«

»Aye, aye, Schwesterherz!«, lallt sie.

Ich sehe sie streng an.

»Seit wann bist du so spaßbefreit?« Sie schließt die Augen und fasst sich wie bei einem Alkoholtest abwechselnd mit der linken und der rechten Hand an ihre Nasenspitze. »Siehst du! Alles roger in Kambodscha. Und jetzt erzähl mir mehr zum Freeze & Please.«

Endlich ein unverfängliches Thema! Voller Begeisterung erzähle ich meiner Schwester, was Reece plant und welche Ideen Ian und ich haben, um das erste Eiswelt-Spielzimmer der Welt zu gestalten. *Wieder ein neues erstes Mal dank Reece.*

»Du hast da also wirklich Spaß dran?«, fragt Nikki nach. »Versteh mich nicht falsch. Aber ich kenn dich eigentlich als diejenige, die schon im Herbst ihre Heizdecke rausholt, während andere Leute noch dem Sommer nachhängen und Flipflops tragen.«

Klingt, als wäre ich eine alte, wetterfühlige Dame! »Ich bin allerdings auch diejenige, die zehnmal vehement Nein sagt, bis sie plötzlich vom Gegenteil überzeugt ist.« Und dann nie genug bekommt.

Plötzlich muss ich daran denken, wie meine erste Begegnung mit Reece Randall Anfang des Jahres verlaufen ist. Im Foyer das Randall Tower. Wo er so ungehobelt war. Er wollte, dass ich mich entschuldige, ich weiß gar nicht mehr, wofür. Aber ich erinnere mich an meine Antwort: *Soll ich ›Fuck you‹ sagen und ›Entschuldigung‹ meinen oder ›Entschuldigung‹ sagen und ›Fuck you‹ meinen?*

Während des Praxistests für den Job als Lady Dom habe ich dann Schritt für Schritt gemerkt, dass mir die andere Seite, die devote, submissive, tatsächlich liegt – und all das hat mich im ersten Moment unglaublich schockiert und überfordert. Und nun könnte ich mir ein Leben ohne Reece und das Tease & Please nicht mehr vorstellen.

Mal sehen, wie ich das Eishotel finden werde. Vielleicht wird es trotz der eisigen Temperaturen heiß, denke ich, als wir im dichten Schneechaos landen und mir gleich noch kälter wird. *Immerhin ist es nur eine Nacht.*

REECE

Was auch immer Nikki zu Audrey gesagt hat, es hat gewirkt. Audrey sucht meinen Blick, als wir die Maschine in Quebec verlassen, und lächelt mir zu.

Als wir am Gepäckband auf die Koffer warten, überlege ich, ob ich sie an mich ziehen soll, zögere aber und streiche ihr nur zärtlich durch die Haare. Wenigstens etwas.

Überraschenderweise ist sie es, die nun meine Nähe sucht und – sie schiebt ihre Hände unter meinen Pullover – sich mal wieder wärmt. Was bei mir im ersten Moment für Gänsehaut sorgt, dann für Erleichterung.

»Ist dir kalt?«, frage ich, schlinge meine Arme um sie und reibe über ihren Rücken.

»Sorry«, meint sie. »Ich hätte es dir gleich sagen sollen, als wir uns kennengelernt haben. Ich bin eine riesige Frostbeule.«

Als hätte das was geändert! »Meinst du, das hätte mich von dir fernhalten können?«

»Es stört dich nicht?«

»Na ja … Es wäre zur Abwechslung schön, wenn mich nachts warme Füße berühren. Aber nein, es stört mich nicht. Ich bin gerne für dich da, Kleines. Immer.« Ich streife mit den Lippen ihr Ohr. »Um mich loszuwerden, musst du mehr tun als das. Schon vergessen? Ich liebe dich.«

Ich warte, dass sie die Worte erwidert. *Wie schwer kann das sein?* Doch sie lehnt sich an mich und zeigt mir nur, dass sie mich liebt. Nicht genauso gut, für den Moment allerdings okay.

»Sollen wir beide ein anderes Hotel nehmen?«, frage ich sie aus einem Impuls heraus. Ich würde wirklich gerne das Eishotel testen. Aber Audreys Bedürfnisse sind mir wichtiger. Wenn ihr die Aussicht, in einem Raum aus Eis zu übernachten, dermaßen widerstrebt, sollten wir es lassen. Außerdem könnte ich, wenn sie so angespannt ist, sowieso keine Session starten. Das wäre unverantwortlich.

»Das würdest du tun?«, fragt sie verblüfft.

Kennt sie mich so schlecht? »Natürlich«, sage ich und merke, wie sie sich unter meinen Händen entspannt. »So macht man das, wenn man zusammen ist. Man sorgt dafür, dass es dem anderen gut geht, denn dann geht es einem selbst auch gut.« Für meine Verhältnisse kitschig, aber wahr.

Tränen schimmern plötzlich in ihren Augen, doch sie lächelt. *Seltsam!* So emotional war sie erst zwei Mal. Ganz am Anfang unserer Beziehung, als die Welt des Tease & Please noch neu für sie war. Und als sie sich diesen schlimmen Verstoß gegen die Regeln erlaubt und Nikki in den Klub geschleust hat.

»Danke«, murmelt sie an meiner Schulter. »Aber ich will kein anderes Hotel.«

»Dann bist du also bereit?«, frage ich sie.

»Bereit«, sagt sie.

»Du weißt, was das heißt?«

»Dass wir gleich alle frieren.«

»Möglich«, sage ich und grinse. »Und was noch?«

»Dass wir uns heiße Gedanken machen sollten.«

Richtig. Sehr heiße Gedanken.

6. Kapitel

AUDREY

Jetzt wird's ernst, denke ich mir, als wir auf dem Parkplatz des Hotels halten. *Mal wieder*, wenn man bedenkt, wie viele neue Erfahrungen ich dieses Jahr schon gemacht habe.

Reece überprüft noch mal den Sitz meiner Klamotten, obwohl mir zur Abwechslung mal warm ist. Dann greift seine Handschuhhand meine Handschuhhand, und wir gehen voraus zur Rezeption, um uns anzumelden.

Susan, die Hotelmanagerin, gibt uns zusätzlich zum Schlüssel für das Eiszimmer den für ein normales warmes Zimmer mit Duschen und WC. Ich bin erleichtert. *Danke, Peach, gut gemacht. Die Frau ist wirklich umsichtig.*

Dann werden wir durch eine märchenhaft schöne Welt geführt, die kalt ist, aber zugleich meine Fantasie anregt.

»Es gefällt dir?«, fragt mich Reece.

»Na ja …«, spanne ich ihn auf die Folter.

»Audrey!«

Bevor er mir eine Strafe androhen kann, küsse ich ihn. »Ja, es gefällt mir. Sehr sogar.«

»Ehrlich?« Er klingt überrascht.

»Ehrlich.«

»Und dir, Ian?«, fragt er.

»Ich bin begeistert«, sagt er. »Viel besser als eine Blockhütte als Playroom. So was im Klub zu haben, wäre wirklich mega.«

»Mega?«, wiederholt Reece grinsend, weil das nicht unbedingt Ians normale Ausdrucksweise ist.

»Supermega«, bestätigt er.

***

Wir beziehen die warmen Räume, essen gemeinsam zu Abend, und Reece schlägt vor, vorab in die Sauna zu gehen, damit mir richtig warm ist, wenn wir anfangen.

Ich entspanne mich. Und als es Zeit wird zu gehen, fällt es mir schwer.

»Können wir nicht hierbleiben?«, frage ich umgeben von der feuchten heißen Luft. *Bitte, bitte, bitte.* Das kommt der Karibik schon recht nah.

»Und dann?«

»Spielen?« Wir haben nämlich den Raum für uns.

Lachend fährt er mir über meinen verschwitzten Nacken. »Bei achtzig Grad musst du mit dir alleine spielen. Da mache ich keine Session.«

»Auch nicht, wenn ich ganz lieb Bitte sage?«

Er überlegt! »Nein, auch dann nicht«, sagt er jedoch. »Aber apropos Session …« Reece löst sich von mir, schlingt sich ein Handtuch um die Hüften und steht auf.

»War ich zu frech?«, frage ich. »Holst du ein Paddle?« Was auf meiner feuchten, verschwitzten Haut fies klatschen würde.

Er grinst. »Nein. Ich gehe unser Eiszimmer vorbereiten.«

Ich muss schlucken.

»Sag bloß, das Paddle wäre dir lieber?«

»Na ja …«, sage ich andeutungsweise.

»Wie gut, dass ich die Regeln mache!«

»Wie gut«, wiederhole ich in einem Tonfall, der vor Sarkasmus trieft.

Reece lacht nur. »Schwitz schön, Kleines. Ich komm dich abholen.« Er legt eine Pause ein. »Und dann weißt du ja, was passiert?«

Ich nicke. »Weiß ich, Sir.«

Sobald ich allein bin, lehne ich mich zurück, schließe die Augen und versuche, mich einfach nur zu freuen. Stattdessen werde ich nervös. Reece wird mich zu nichts zwingen. Er wird abbrechen, wenn es mir zu viel wird. Dessen bin ich mir sicher. Er würde nie was gegen meinen Willen tun. So ein Kerl ist er nicht. Außerdem bin ich selbst gespannt, wie es sein wird – so was erlebt man nicht jeden Tag. *Aber was, wenn ich nach drei Minuten schon so unterkühlt bin, dass ich gehen muss? Das wäre so schade!*

»Audrey?«, reißt mich die dunkle Stimme von Reece aus meinen Gedanken.

Ich schaue auf und sehe ihn an der Tür, warm angezogen mit Thermohosen und mehreren Lagen wärmender Oberbekleidung. Und er hält mir einen dicken Daunenmantel und Fellboots hin. *Nur* den Daunenmantel und die Fellboots.

Obwohl der Gedanke an die frostigen Temperaturen im Zimmer für Gänsehaut sorgt, stehe ich auf. Denn ein Blick zu Reece genügt, und mir wird warm, überall und am ganzen Körper. *Das ist ein gutes Zeichen, oder?*

Ich verlasse die Sauna, steige in die Schuhe und lasse mir in den Mantel helfen, den ich sofort enger ziehe.

»Sag mir noch mal, dass du das auch wirklich willst, Kleines«, fordert Reece mich auf und zieht mich an sich. Was trotz der dicken Sachen sexy ist.

Ich sehe in seinen Augen, dass er es will. Und wie er sich auf die Session freut. Und ich versuche auszublenden, dass er mich gegen meinen Willen auf das Projekt angesetzt hat und dass ich ihn mit dieser Frau gesehen habe und dass meine Hormone aus irgendeinem Grund gerade verrücktspielen. Ich konzentriere mich nur auf den Moment. Auf das Gefühl seiner Hände auf meiner Haut, und auf das Verlangen, das dieser Mann in mir weckt. *Auf uns.*

»Ja, ich will das«, sage ich.

»Gut, Kleines.« Er drückt mir einen Kuss auf die Stirn, der alles in mir zum Summen bringt. »Wie lautet dein Safeword?«

»Karibik.« *Logisch.*

***

Sofort liegt es mir auf der Zunge, als ich das Eiszimmer betrete und neben dicken Tierfellen jede Menge Equipment zum Fesseln entdecke.

»Überraschung, Kleines. Ich hab mir ein Rollenspiel für uns ausgedacht.«

Ich erzittere, versuche, alles aufzunehmen, aber registriere vor allem den Klang seiner Stimme und seinen heißen Atem auf meiner kühlen Haut. »Welches, Sir?«

»Ich bin der Barbar aus dem Eis und habe zum ersten Mal eine Frau in meiner Höhle.« Er beißt mich fest in den Nacken. »Und die gilt es zu umsorgen, zu untersuchen und zufriedenzustellen.« Noch ein Biss. »Ab sofort.«

Himmel! Die Vorstellung ist sexy!

»Aber zuallererst muss ich meine Frau fesseln, damit sie mir nicht wegläuft.« Reece macht kurzen Prozess mit mir und packt in null Komma nichts meine Hände. Mein Mantel öffnet sich, und Kälte dringt durch die Ritzen, gleichzeitig ist mir warm, unerwartet sexy warm. *Unglaublich!*

Dann zieht er mir Fäustlinge an – wenn ich raten müsste, die dicksten, die es gibt – und legt am Bund der Handschuhe die Lederfesseln an.

»Nein!«, rufe ich, ganz in meiner Rolle, woraufhin Reece grinst, weil ich natürlich Ja meine.

»Oh doch, Schönheit!«, sagt er grinsend, bindet meine Hände mit einem Seil zusammen, sorgt dafür, dass ich ihm ausgeliefert bin, beugt sich zu mir und küsst mich. Tief und heiß und besitzergreifend. *Seins.*

»Das war aber kein Kuss von einem Höhlenmenschen, der das noch nie gemacht hat«, wende ich ein, räuspere mich und schiebe ein »Sir« hinterher.

»Stimmt, der kam von Reece Randall, der damit zwischendurch kontrollieren wird, wie warm dir ist.« Er lächelt und atmet schwer, wobei sich Atemwölkchen bilden. »Ist dir warm?«

»Ja, Sir.« *Noch.*

»Sehr schön. Das sollte ich ausnutzen.« Er drängt mich zum Eisbett, das mit Pelzen und Decken übersät ist, drückt mich zurück, beugt sich über mich, legt seine Hand auf mein kühles Knie und schiebt sie dann höher, dorthin, wo ich brenne. Tatsächlich heftig brenne. Und Erlösung brauche.

»Nimm mich!«, keuche ich.

»Das würdest du also einem Höhlenmenschen sagen, der zum ersten Mal eine Frau in seinem Fellbett hat?« Reece lacht belustigt. »Nimm mich?!«

Mist! Stimmt. Das passt nicht zu meiner Rolle.

»Nein!«, korrigiere ich mich widerwillig, presse meine Schenkel zusammen und stemme mich gegen Reece in dem Wissen, dass ich ihm körperlich natürlich unterlegen bin. Sexy unterlegen. »Bitte, lass mich, fass mich nicht an, geh.« *Und mach ja weiter!*

»Besser!«, sagt er und schiebt seine Hand trotz meines Widerstandes zwischen meinen zusammengepressten Schenkeln höher und höher und höher. »Der Höhlenmensch fragt sich, woher diese Hitze kommt.« Seine Finger berühren meine Klit. *Gott!* »Mmh … Er spürt Feuchtigkeit und wird hart, schmerzhaft hart. Dabei weiß er gar nicht, was diese Feuchtigkeit zu bedeuten hat.« Reece beugt sich über mich und küsst mich wieder, während er seine Finger in mich schiebt und mich erkundet, anders als sonst und doch vertraut. »Denn bisher ist er nur hart geworden, wenn er morgens aus wilden Träumen, an die er sich nicht erinnern kann, wach geworden ist.«

Himmel, ist das gut! Ich weiche seinen Lippen aus, presse mich jedoch enger an seine Hand.

Mit einem Ruck öffnet Reece den unteren Teil meines Mantels, und Kälte schlägt mir entgegen.

»Was tust du da?«, quieke ich und wehre mich nun wirklich, weil ich meine warme Hülle zurückhaben will.

»Nachschauen, was so heiß und feucht ist.« Er spreizt meine Beine, woraufhin die kalte Luft mir den Verstand raubt, und legt dann seinen heißen Mund auf meine Mitte, was Feuer durch mich schießen lässt.

»Nicht«, wimmere ich, weil es zu gut ist. Süchtig machend gut. Denn Reece leckt mich, als würde er sich meinen Geschmack auf der Zunge zergehen lassen, als wollte er mehr von mir, als bekäme er nicht genug. Ein verhungernder, primitiver Höhlenmensch, der im Schlaraffenland gelandet ist. Bis er mich beißt. »Au!« Unsere Blicke treffen sich. »Was, Sir?« *Warum hat er das getan?*

»Du sollst das hier nicht genießen, sondern dich wehren.«

Als könnte er das umgekehrt bei einem Blowjob! »Es geht nicht.«

Seine Zunge leckt über meinen Kitzler. »Versuch es!«

Wie du willst! Da meine Hände gefesselt sind, drücke ich mit meinen Beinen gegen Reece, was ihn dazu bringt, mich noch fester zu halten, und mich – so überwältigt, wie ich bin – noch mehr erregt.

»Du machst es mir zu leicht«, sagt er.

Wie bitte?! Bevor ich Reece darüber aufklären kann, dass es verdammt schwer ist, sich mit gefesselten Händen effektiv gegen jemanden zu wehren, der obendrein einen guten Kopf größer ist, schießt neue, heftige Lust durch mich hindurch.

Reece hat ein Toy in mich geschoben, das erstaunlich warm ist. Vermutlich, weil er es am Körper getragen hat.

»Höhlenmenschen haben keine Spielzeuge!«, keuche ich.

»Und?«, sagt er, und in dem Moment vibriert es erst sachte, dann härter.

»Schon gar keine elektrischen«, füge ich hinzu und schnappe nach Luft, eiskalter Luft, die sich unerwartet angenehm anfühlt.

»Verklag mich, wenn du dich traust!« Reece lässt den unteren Teil meines Mantels offen und tastet nun unter dem oberen Bereich nach meinen Brüsten. Ich wehre mich heftiger. Zum einen weil ich dort so empfindsam bin, jetzt sogar noch mehr als sonst, da der Stoff des Mantels die ganze Zeit meine Nippel gereizt hat. Zum anderen weil ich, wenn ich wirklich gefangen wäre, auf jeden Fall einen Fluchtversuch starten würde. Egal wie viel größer und kräftiger der Höhlenmensch wäre.

Wir ringen miteinander. Mutig will ich Reece überwältigen. Doch gerade als ich denke, dass ich es schaffe, vibriert das Toy stärker. Jegliche Kraft verlässt mich, und plötzlich liege ich auf dem Bauch und Reece sitzt auf meinen Beinen. Widerstand ist zwecklos. Dann folgt ein Schlag auf meinen Hintern, der vom Stoff des Mantels gedämpft wird und einfach nur sexy ist. Unglaublich sexy. Sodass ich tief stöhne.

Scheiß drauf, dass ich mich wehren soll! »Mehr!«, seufze ich.

Doch ich kriege nicht mehr.

»Sir!« *Komm schon, Reece!*

»Sorry, der Höhlenmensch spricht nicht deine Sprache.«

Ehrlich jetzt?! Ich schnaube frustriert in die Kissen unter mir. *Na warte!*

Frustriert kratze ich mit meinen Handschuhen Schnee und Eiskristalle vom Bett und werfe die drei Krümel mit meinen gefesselten Händen mehr oder weniger elegant seitlich hinter mich.

Mist, ein glatter Fehlwurf. Und ein Riesenfehler!

»Meine Frau möchte also mit Schnee spielen?«, fragt Reece nun.

»Was? Nein!«

Zu spät! Binnen Sekunden entfernt Reece das Toy aus meiner Pussy und lässt etwas Schnee an meiner Mitte tauen.

»Oh Gott!«, keuche ich. Denn die Kälte auf meiner heißen Haut ist sinnlich und sexy.

»Mehr?«

»Nein!«

»Also mehr.«

Hilfe! Hätte ich nur Ja gesagt! Dann würde er jetzt das Gegenteil tun und mich erlösen.

Lachend dreht Reece mich zurück auf den Rücken, öffnet meinen Mantel nun ganz und lässt kleinere Schneemengen auf meiner Haut schmelzen.

»Mir wird kalt«, sage ich.

Prüfend fährt Reece mit dem Daumen über meine Lippen. Mit immer noch herrlich warmen Händen. Dann lächelt er. »Weißt du, wie Höhlenmenschen sich warm halten?«

Ein Schauer durchfährt mich. »Am Feuer?«, rate ich, während Reece sich aus seinen Schichten pellt, als wäre er immun gegen die Kälte. Selbst seine Erektion bleibt stehen.

»Rate noch mal!«, sagt er, legt sich teils kalt und teils unglaublich heiß auf mich und zieht die Felle über uns.

»Sie kämpfen miteinander?«

»Nah dran.« Er küsst mich. »Es wird langsam heiß.«

»Langsam?« Ich genieße seinen Körper auf mir. Ich genieße ihn. Und ich genieße sein Verlangen. Ich will ihn, unbedingt. Doch während wir reden, reibt meine Haut nur an seiner, seine Erektion streift mich, und mehr passiert nicht. Für eine Sekunde und noch eine und noch eine.

»Vielleicht sollte mir der Höhlenmensch einen Tipp geben?«, sage ich. »Wie sollten wir uns warm halten?«

»Vielleicht sollte ich dich noch weiter auf die Folter spannen?«

Ehrlich jetzt? Nein! »Meine Hände sind schon eiskalt«, lüge ich, obwohl die gerade wieder warm geworden sind. Denn ich muss das hier beschleunigen. Unbedingt.

»Warte!«, sagt Reece sofort, plötzlich wieder mehr Dom und Partner als Höhlenmensch, und löst meine Fesseln. »Besser?«

»Besser«, sage ich. Doch bevor er meine Hände reiben kann, streife ich die Handschuhe ab, taste unter der Decke nach seiner Erektion, packe sie und dirigiere sie an meine Mitte.

»Lügnerin … Deine Hände sind unglaublich warm.«

»Bestraf mich später«, murmele ich. »Jetzt nimm mich, bitte, Sir … Reece!«

»Du weißt schon, dass das hier die schlechteste Session ist, die wir je hatten«, sagt er und hält sich noch zurück.

Findet er? Ansichtssache! »Mir ist warm und dir auch. So schlecht kann sie nicht sein.«

»Doch, ist sie …«, sagt er.

»Echt?« Ich lege mein Bein um ihn und bin kurz davor, ihn zu fesseln, wenn er mich nicht nimmt. Schließlich weiß ich als ausgebildeter Lady Dom, wie das geht. Da schiebt er sich endlich, endlich, endlich in mich.

»Aber dafür ist es der beste Sex, den wir je hatten.«

Das stimmt. Und wie das stimmt! Ich erschauere vor Lust und stehe bereits kurz vor dem Höhepunkt, als Reece sich härter und tiefer bewegt.

»Komm noch nicht!«, befiehlt er.

»Warum?«

»Weil ich es sage.«

»Aber –«

»Audrey, bitte!«

»Ich kann nicht.« Ich will, doch es geht nicht, obwohl das Wörtchen Bitte mein Gefühl intensiviert und wie Zucker durch mich rauscht. Ich spüre ihn in mir, verlockend heiß, sinnlich, und ich will diesen Orgasmus, unbedingt, brauche ihn.

»Versuch es, mir zuliebe!«, sagt er. Seine Stöße werden dringlicher, seine Begierde größer. Zwischen uns baut sich etwas auf, das mich ruft. Etwas Starkes, Heftiges. Liebe.

Reine Liebe.

»Danke«, sagt Reece, als könnte er meine Gedanken lesen. Dann spüre ich, wie er kommt, wie er ganz in mir ist, wie er mir alles gibt, wie sich unsere Körper verbinden, ergänzen, verschmelzen, so intensiv wie nie zuvor, während ich noch auf der Schwelle stehe und meinen Höhepunkt zurückhalte. Und seltsamerweise macht das den Moment für mich noch viel besonderer als sonst. Bis auch ich verloren bin.

Oh. Mein. Gott!

Überwältigt drehe ich den Kopf zur Seite, und plötzlich – ich verstehe es selbst nicht – laufen mir Tränen über die Wangen. Weil sich das hier so gut anfühlt, und weil ich diesen Mann liebe, richtig und wirklich liebe. Und ich umschlinge ihn und klammere mich an ihn, während er langsam auf mir liegen bleibt, zu Atem kommt, ganz bei mir ist. Denn nichts steht in diesem Moment zwischen uns.

Bis ich leise die Nase hochziehe. *Geht nicht anders.*

Sofort habe ich Reeces Aufmerksamkeit. »Hey, alles okay, Kleines?«

»Bleib genau so«, wispere ich. »Halt mich, bleib genau so.«

REECE

Als könnte ich sie jetzt loslassen! Nach dem, was gerade war!

Ich fühle mich Audrey so nahe, wie man einem Menschen nur sein kann. Diese Winter-Sex-Session war der Wahnsinn. Und auch wenn ich nur einen Bruchteil vom Spielzeug eingesetzt habe, so habe ich ein paar Ideen für die Zusatzschulung der Doms – wie zum Beispiel bei Schlägen auf gepolsterte Hinterteile härter zur Sache zu gehen.

Und da ist nur Bewunderung in mir für diese Frau, mit der ich das erleben durfte. Die mein Leben so perfekt macht, die mich solche Höhepunkte erfahren lässt, die mir so komplett den Boden unter den Füßen wegreißt, mich auf Wolke sieben hebt und dann langsam, sanft und behutsam wieder auf der Erde absetzt.

Ich drehe mich auf die Seite und ziehe sie mit mir, ganz eng, damit wir eins bleiben und ihr nicht kalt wird. »Gut so?«, frage ich, dabei kenne ich die Antwort, denn sie liegt unglaublich entspannt in meinen Armen.

»Ich liebe dich«, sagt sie da plötzlich, blinzelt neue Tränen weg und küsst mich. »Ich weiß, ich benehme mich gerade seltsam. Keine Ahnung, warum. Aber ich liebe dich, Reece.«

Fuck! Diese Frau hat es drauf, mein Herz so komplett auszufüllen, dass es nicht mehr für mich, sondern nur für sie schlägt.

Zärtlich wische ich ihr über die Wangen und mustere sie im romantischen Licht des Zimmers. »Und ich liebe dich, Kleines. Wie verrückt.« Und das weiß sie, das spürt sie, das sehe ich ihr an.

Ich streichele über ihren Rücken, achte darauf, dass sie es warm genug hat, atme ihren Duft ein, liebe sie zurück, aber spüre auch diesen Druck auf der Brust. Weil alles zwischen uns wie immer ist und zugleich verändert.

»Es liegt nicht am Winter?«, frage ich.

»Nein, oder … doch … ähm … Nein, eigentlich nicht. Ich mag den Winter nicht. Aber so bin ich sonst nie.«

»Es liegt auch nicht am Freeze & Please?«

»Nicht mehr. Im Gegenteil. Ich habe so viele Ideen für die Subs, die dort spielen. Und was du mit den Fesseln gemacht hast, das war wirklich toll. Meine Hände waren unglaublich warm.« Wie zum Beweis tastet sie nach meinem Hintern, und neues Verlangen durchströmt mich, nicht mehr so verzehrend, dennoch intensiv.

Ich ziehe sie enger, spüre, wie ihr Bauch meinen berührt, und ziemlich primitiv möchte ich plötzlich, dass uns beide mehr als ein ›Ich liebe dich‹ verbindet. Und damit meine ich keine Ringe oder Tattoos oder den heiligen Bund der Ehe, sondern ein Kind. Aber ich sage nichts, weil ich nicht möchte, dass sie sich aufregt. Und weil das alles viel zu früh für uns wäre.

»Und es hat auch wirklich nichts mit der Frau in meinem Büro zu tun?«, frage ich Audrey weiter, weil ich besser verstehen will, was gerade in ihr vor sich geht. Obwohl wir das bereits geklärt hatten.

Oder doch nicht? Ein Schatten huscht über ihr Gesicht.

»Du hast mich sonst nie ausgeschlossen«, sagt sie leise.

»Aber Kleines …« Ich fahre ihr durch die Haare. »Du weißt, Peach würde nie tatenlos zusehen, wenn ich eine andere Frau in meinem Büro vögele? Auf ihrem Schreibtisch liegen Gerten, Paddles und Rohrstöcke griffbereit, und sie weiß, wie man die benutzt.«

»Mmh«, macht sie nur.

Genug Drama!

Ich drehe sie zurück auf den Rücken, bin hart und dringe vorsichtig erneut in sie ein, küsse sie, liebe sie, gebe ihr alles, was ich habe.

Wieder sammeln sich Tränen in ihren Augen. Wieder ist sie so emotional. Und ich spüre, dass sie mich will, aber auch dass sie sich zurückhält.

»Was ist, Kleines? Du kannst mir alles sagen.«

»Was, wenn ich durchdrehe?«

Ich runzele die Stirn und küsse ihren Hals und ihre Wangen. »Wie meinst du das?«

»Was, wenn ich ab sofort immer so bin? Ein bisschen durchgedreht und merkwürdig und nicht ganz zurechnungsfähig?«

»Dann werde ich dich wohl öfter bestrafen als bisher!« *Kein Problem, sondern ziemlich sexy.*

»Ich meine das ernst, Sir«, sagt sie lachend, sammelt sich jedoch schnell wieder. »Willst du mich dann trotzdem?«

Was für eine Frage! Diese Frau könnte eine Bank ausrauben, und ich würde sie dennoch lieben!

Ich küsse sie lang und tief, denn dass sie daran zweifelt, schockiert mich. »Du bist meine Welt, Audrey Montgomery«, sage ich an ihren Lippen. »Ja, du bist gerade etwas kompliziert. Ian rät mir, die Wahrheit aus dir herauszufoltern, und im Flieger meinte Kosto, ich sollte dir mal ordentlich den Hintern versohlen …« Ihre Pussy zieht sich bei meinen Worten enger um meinen Schwanz zusammen, und ich muss grinsen, weil ich diese Reaktion von ihr kenne und mag und daran nichts neu oder seltsam ist. *Sondern herrlich vertraut.* »Aber ich liebe dich trotzdem.« Mein Lächeln wird breiter. »Tu nicht so, als wärst du ein komplett anderer Mensch. Denn das bist du nicht.« Zweifelnd sieht sie mich an, und ich bewege mich schneller. »Das hier, das funktioniert genauso gut wie immer, findest du nicht?«

»Ja, das stimmt.« Sie presst sich an mich. »Oder nein: Es funktioniert sogar besser.«

Wir lieben uns erneut. Bis wir es beide nicht mehr aushalten, unsere Blicke sich ineinander verhaken und unsere Körper sich gegenseitig umklammern und zusammen kommen. Ihr entweicht nur dieser eine kurze Schrei, und sie krallt sich in meinen Rücken, als würde sie sterben, wenn sie mich losließe. Ich murmele ihren Namen. Und zufrieden sinken wir beide zurück.

»Nicht einschlafen!«, sage ich ihr leise, als ich höre, dass ihr Atem immer ruhiger und tiefer geht. *Das wäre so typisch für sie!*

»Mmh?«, macht sie nur.

»Wir müssen uns noch was Warmes anziehen.«

Statt zu gehorchen, schließt sie die Augen und schmiegt sich an mich.

»Ach, Kleines …«

Ich bringe es nicht übers Herz, sie hochzuscheuchen. Nicht nachdem wir uns so geliebt haben. Also stehe ich auf, ziehe mir was über, wickele Audrey in eine Decke, hebe sie hoch, und wir verlassen das Eiszimmer und wechseln in die beheizte Suite. Eine Session hat genügt, ich brauche keine ganze Nacht.

Zu meiner Überraschung treffe ich auf dem Gang erst Kosto mit Nikki und dann Ian mit Catherine. Wir Männer werfen uns einen wissenden Blick zu, lächeln zufrieden und flüchten dann ins Warme. Mehr gibt es nicht zu sagen. Und kaum liege ich mit Audrey im Bett, schmiegt sie sich wieder an mich.

Ich bin beruhigt, dass es ihr gut geht und zwischen uns endlich alles geklärt ist. *Aber warum verhält sie sich so merkwürdig? Es muss einen guten Grund geben. Nur welchen?*

7. Kapitel

AUDREY

»Ich finde, wir müssen auf jeden Fall Fixierungsmöglichkeiten im Freeze & Please schaffen«, meint Catherine am nächsten Tag, als wir zurück sind und im Randall Tower, getrennt in Dom- und Sub-Gruppen, unseren Besuch auswerten. »Die Seile, die in den Taschen waren, waren nett, aber auch ein bisschen langweilig.«

»Allerdings welche, die nicht zu kalt sind«, werfe ich ein, nach wie vor begeistert von der Idee, aber auch nach wie vor eine Riesenfrostbeule. »Ich möchte nicht an einem Eiszapfen beziehungsweise einer Eisenstange kleben bleiben.« Das passiert nämlich leicht, wenn warme Haut etwas so Kaltes berührt, dass die Feuchtigkeit auf der Hautoberfläche gefriert. *Autsch.* »Wie habt ihr generell die Temperatur empfunden?«, frage ich weiter.

»Ich fand das Warten in der Kälte schwierig«, sagt Catherine.

»Das hat Ian getan?!« Ausgerechnet er, der sonst so viel Wert auf die Sicherheit und Gesundheit aller legt.

»Ich war unartig«, erklärt sie grinsend, als würde sie das kein bisschen bereuen. »Dafür hat er mir danach ordentlich eingeheizt. Puh!« Sie räuspert sich. »Aber für eure Kunden ist das natürlich nichts.«

»Es sei denn, die sind warm eingepackt«, überlege ich laut und mache mir eine Notiz, dass ich mit Ian die Bekleidung für das Freeze & Please klären muss.

»Stimmt«, sagt sie. »Zumindest so lange, wie sie brav sind.«

Wir lachen alle, weil anscheinend nicht nur ich, sondern jede von uns gestern Nacht mindestens ein Mal die Kälte strafend zu spüren bekommen hat.

»Für Schmerzliebhaber müsst ihr euch aber noch was Besonderes überlegen«, meint Nikki.

»Auf jeden Fall«, gebe ich ihr recht. »Durch meinen Mantel waren die Schläge auf den Hintern einfach nur sexy.«

Beide werfen mir einen irritierten Blick zu, weil sie wissen, dass ich von uns dreien diejenige bin, die am wenigsten masochistisch veranlagt ist, sprich keinen Schmerz mag.

»Schaut nicht so!«, rufe ich. »Reece und ich haben Höhlenmensch und Gefangene gespielt. Da war das nett. Aber für Leute, die Schmerzen mögen, brauchen wir eine andere Lösung.«

»Wir haben es mit Wachs probiert«, meint Nikki, hebt ihr Shirt und zeigt ihren Bauch, wo ein rot gepunktetes IK zum Vorschein kommt. Initiale, die für Ivan Kostolany stehen, wenn ich raten müsste.

»Er hat dich als seins markiert?!«

»Cool, oder?« Sie grinst. »Er wollte noch ein Herz drum herum hinterlassen, aber …« Sie stockt.

»Du hast es nicht länger ausgehalten?«

»Ähm … nein … Es hätte mehr in der Tasche sein können. Uns ist das Wachs ausgegangen.«

Wie abgefuckt und pervers ist das denn?! Meine Schwester, die Sadomaso-Braut! Ich will was sagen, beiße mir jedoch im letzten Moment auf die Zunge. Es ist immer noch ungewohnt für mich, dass Nikki Schmerz mag so wie andere Leute Schokolade. Aber sie kann natürlich tun, was sie will. Sie ist erwachsen. Und ich weiß, dass Kosto – egal wie sehr er als Dom und Sadist an die Grenzen geht – nie etwas machen würde, das ihr ernsthaft schadet. *Außerdem ist das ziemlich cool. Und wärst du nicht so ein Schisser, Audrey, dann würdest du Reece bitten, das auch mal bei dir auszuprobieren.*

Wir sammeln weitere Ideen, und am Ende ist die Liste mit auch in der Kälte denkbarem Spielzeug und Equipment so lang, dass ich hoffe, dass das Freeze & Please ein fester Bestandteil des Klubs wird. Für *einen* Playroom ist das nämlich viel zu viel Stoff.

»Und zwischen Reece und dir ist wieder alles in Ordnung?«, fragt Nikki mich, als wir fertig sind.

»Es gab nie Probleme«, versuche ich, das Thema kleinzuhalten.

»Das meine ich nicht«, sagt sie.

Ich weiß genau, was sie meint. Aber ich habe keine Ahnung, was ich ihr antworten soll. »Ja, alles ist in Ordnung«, sage ich daher. »Ich benehme mich zwar stellenweise wie ein Teenager, doch sonst hat sich nichts geändert. Ich liebe Reece und er mich – ob mit Knall oder ohne.« *Zum Glück.*

»Weil du eine Granate im Bett bist?!«, ruft Nikki lachend.

»Sehr richtig, eine Obergranate.«

Catherine lacht nicht mit, sondern sieht mich nachdenklich an.

»Du bist bestimmt auch eine Granate«, sage ich, damit sie sich nicht ausgeschlossen fühlt. Vor allem da sie von uns dreien diejenige ist, die, um endlich in ihrem Leben einen Höhepunkt zu erleben, alles, aber auch wirklich alles ausprobiert hat, bis sie den Orgasmunator Ian Randall getroffen hat. Zumindest hat sie ihn so mal hinter vorgehaltener Hand genannt, worauf wir in schallendes Gelächter ausgebrochen sind. »Aber bitte nicht bei Reece!«

»Was? Nein!«, sagt sie, als würde sie jetzt erst mitkriegen, worüber wir reden. »Ich hab nur gerade nachgedacht …« Sie macht eine kleine Pause. »Seit wann fühlst du dich so … anders?«, wählt sie ihre Worte mit Bedacht.

»Mmh … Seit ein paar Wochen vielleicht.«

»Und ansonsten bist du kerngesund?«

Ich runzele die Stirn und lasse die vergangenen Tage Revue passieren. »Kein Schnupfen, kein Husten, meine Abwehrkräfte sind in Topform, nur …« Ich zögere. »Ich bin in letzter Zeit etwas müde.« *Dass mir das nicht selbst aufgefallen ist!* »Aber das ist normal«, schiebe ich erleichtert, endlich eine Erklärung zu haben, hinterher. »Schließlich haben wir Winter, es wird kälter, die Tage werden kürzer. Da übernimmt bestimmt ein Winterschlaf-Gen die Kontrolle über mich.« *Genau das wird es sein.*

»Eines, das erst ab dem dreißigsten Lebensjahr aktiv wird?«, wirft Nikki zweifelnd ein. »Das hattest du bisher nie!«

Okay, die Erklärung fällt dann wohl aus. Ich drehe mich wieder zu Catherine um. »Was willst du mir eigentlich sagen?« *Sie hat das ganz sicher nicht nur so gefragt!*

»Na ja …« Sie zögert. »Wir kennen uns noch nicht so gut. Aber … Könnte es sein, dass du schwanger bist?«

»Was?! Nein!« Der Gedanke ist so absurd, dass ich ihn sofort von mir weise.

»Wann war denn deine letzte Periode?«

Glaubt sie mir etwa nicht? »Vor zwei Wochen«, sage ich. *Auch wenn das niemanden was angeht.* »Und nein, das ist nicht möglich. Reece und ich verhüten natürlich. Schließlich kennen wir uns noch nicht so lange. Anfangs mit Kondomen, und mittlerweile nehme ich die Pille. Auf keinen Fall bin ich schwanger!«

»War nur so ein Gedanke«, sagt Catherine.

Super, Thema erledigt. Klar will ich irgendwann mal Mutter werden. Allerdings noch nicht jetzt, so schnell.

»Aber Audrey als Mama …«, meint Nikki grinsend. *Okay, Thema doch noch nicht erledigt.* »Das wäre sooo toll. Außerdem sieht sie dann mal, wie das ist, auf jemanden aufzupassen, der nicht tut, was er soll.«

»Nur zu deiner Information: Ich weiß, wie das ist. Oder hast du vergessen, wer von uns beiden sich in den Klub schleichen wollte, in dem er nichts zu suchen hatte?« *Das war nämlich vor nicht allzu langer Zeit sie, meine ach so weise ältere Schwester.* »Du willst doch nur Tante werden.«

»Erwischt«, sagt sie.

Ich sammele unsere Notizen ein und stehe auf. »Ich bin garantiert nicht schwanger, okay? Wenn, dann bin ich nur überarbeitet.« *So! Kaffeekränzchen beendet.*

Nun grinst Nikki. »Dann spann mal aus. Mit Reece. Wieder und wieder und wieder«, stöhnt sie so gespielt lasziv, dass klar ist, dass sie an die Entspannung meines Unterleibs denkt.

Ich zerknülle einen leeren Notizzettel und werfe ihn nach ihr. »Ha, ha.«

»Ich meine ja nur …« Sie wirft den Papierball zurück. »Wofür hat man eine ältere Schwester, wenn nicht für kluge Ratschläge?«

»Schon gut, Message angekommen, ich werde Reece bitten, es mir so richtig zu besorgen«, sage ich staubtrocken. »Hast du auch noch einen Tipp?«, frage ich Catherine.

Sie grinst. *Scheint wohl so.*

»Ja?«, mache ich ermunternd.

»Sag ihm, er soll Ian nach Tipps fragen. Der Mann ist der Wahnsinn!«

»Ihr beiden!«, rufe ich kopfschüttelnd.

»Und sag ihm, er soll danach Kostolany einen Kurs geben«, wendet plötzlich Nikki noch ein.

»Ich denke, bei euch läuft es super?«, hake ich nach.

Sie setzt ihre Unschuldsmiene auf. »Mann lernt nie aus.«

Natürlich werde ich nichts von alledem tun. Dann könnten wir ja gleich eine Gruppensexorgie starten. Was wir nicht tun werden. Niemals.

***

Ich gehe ins Büro, wo die Männer sitzen, und mich durchdringt Wärme, als ich Reece sehe.

»Na«, sage ich und trete lächelnd zu ihm.

»Na«, gibt Reece zurück, und ich muss noch breiter lächeln, als er seinen Arm um meine Hüfte schlingt und sein Gesicht an meine Seite legt. An meinen Bauch. Was plötzlich für einen weiteren Gefühlsschwall sorgt, der aber dieses Mal mit voller Wucht mein Herz trifft.

Vielen Dank, Catherine, dass du mir diesen Floh ins Ohr gesetzt hast. Ich bin nicht schwanger!

»Wie weit seid ihr?«, frage ich, überspiele mein Gefühlschaos und fahre ihm durch die Haare.

»Gerade fertig geworden!«, sagt er.

»Darf ich mal sehen, was ihr euch für uns Subs überlegt habt?«

»Uns in die Karten schauen?«, empört sich Reece. »Auf keinen Fall.«

»Auch nicht, wenn ich ganz lieb Bitte sage?«, frage ich und merke, wie er weich wird.

»Auch dann nicht«, mischt sich Kosto ein, bevor Reece nachgeben kann.

»Ich könnte jeden von euch bitten«, flirte ich scherzhaft. *Eine Sub mit drei Doms? Das wäre mal was!*

»Interessantes Angebot«, sagt Ian. »Was meint Mister Ober-Dom dazu?« Er meint Reece.

»Spielt da mit, und nicht nur Audrey bekommt Haue«, knurrt der.

»Mmh … Vom Meister höchstpersönlich bestraft werden …?« Ian runzelt die Stirn und tut so, als wäre das eine Überlegung wert.

»Ian!«, ruft Mister Ober-Dom.

»Schon gut«, sagt er amüsiert darüber, dass er Reece so leicht aus der Fassung gebracht hat. »Keiner bittet hier irgendjemanden.«

Ich lache leise, unterdrücke ein Gähnen und habe erneut die Frauen im Ohr. *Verdammt. Ich bin nicht schwanger! Es muss die Arbeit sein.*

»Müde, Kleines?«, fragt Reece.

»Ein bisschen«, gebe ich zu.

»Dann mach Feierabend.«

»Ich weiß nicht«, zögere ich.

»Also, ich fände das gut«, sagt Ian. »Ohne dich kann ich ganz in Ruhe das Risiko für jedes Spielzeug abwägen, und morgen reden wir darüber, womit wir starten.« *Weil uns allen klar ist, dass wir uns für den Probelauf auf die besten Sachen konzentrieren müssen.*

»Ist das wirklich okay?«, frage ich.

»Klar«, meint er.

Ich protestiere nicht, weil Feierabend traumhaft klingt, wende mich bereits ab, bleibe an der Tür aber noch mal stehen.

»Hast du was vergessen?«, fragt Reece.

»Ja«, sage ich.

»Was?«

»Ich liebe dich, Reece.« Erneut kommen mir die Worte spielend leicht über die Lippen. Dabei fühlen sie sich nach der Nacht in Quebec noch tiefer an.

»Ich dich auch, Audrey.«

Perfekt!

REECE

»Sag mal, gibt es neuerdings eine Steigerung zu ›Ich liebe dich‹, von der ich nichts weiß?«, fragt Ian, sobald Audrey gegangen ist.

»Wieso?«, frage ich zurück.

»Du siehst nicht so glücklich aus, wie du aussehen solltest.«

»Könnte daran liegen, dass ich es nicht bin.« Ich muss gleich wegen eines VIP-Kunden in den Klub rausfahren, und es behagt mir nicht, Audrey allein zu lassen. Vor allem, wenn sie so ist wie gerade eben. Wie immer und doch so anders. »Es ist Audrey«, sage ich, ohne nachzudenken.

»Habt ihr Probleme?«

»Nein, aber irgendwas ist los.« Nach wie vor. Und Audrey merkt es auch, tappt jedoch scheinbar ebenso im Dunkeln wie ich.

»Wenn du willst, kann ich für dich den Kunden übernehmen«, bietet Ian, ohne zu zögern, an. *Nett von ihm.*

»Oder ich«, sagt Kosto. »Ich hab das Prozedere mit den VIPs schon öfter mitgemacht als Ian.«

»Ihr müsst nicht –«, beginne ich.

»Du würdest das Gleiche für uns tun«, unterbricht mich Kosto. »Sie braucht dich, also sei bei ihr.«

Stimmt. »Danke«, sage ich nur.

»Kein Ding. Sprecht euch endlich aus.«

»Das haben wir schon.«

»Und was sagt sie?«

»Dass alles wie immer ist. Aber das sorgt nicht dafür, dass dieses merkwürdige Gefühl weggeht.«

»Weil du dich machtlos fühlst«, sagt Kosto.

Genau das ist es. Das ist so ziemlich das Schlimmste für einen Dom, für einen Mann, für einen Partner. Zu wissen, dass eben nicht alles in Ordnung ist, und nichts dagegen tun zu können, außer beim anderen zu sein.

»Fuck!«, entfährt mir. Ich könnte genauso gut sagen, dass er recht hat.

***

Sobald Ian und Kosto weg sind, kümmere ich mich um die am Tag liegen gebliebenen Mails und fahre schließlich nur eine Stunde später rauf ins Penthouse, wo mich eine unglaubliche Hitze empfängt.

»Alexa, wie warm ist es?«, frage ich unser Heimsystem.

»Hallo, Reece! Fünfundzwanzig Komma vier Grad.«

Wie in der Karibik, denke ich mir, lege mein Jackett ab und knöpfe mir den Kragen auf. Aber ich drehe die Heizung nicht runter.

Ich finde Audrey in Shorts und einem Shirt vor dem Fernseher essend, wo sie so gebannt zum Bildschirm schaut, dass ihre Gabel ab und zu ins Leere piekt.

Ein leises Lachen verrät mich. Sie dreht sich zu mir um, springt sofort auf und fällt mir um den Hals. »Gott sei Dank, du bist nicht im Klub!«

»Warum so besorgt?« *Mal wieder.*

»Hast du mal rausgeschaut? Es schneit schon wieder wie verrückt. In den Nachrichten läuft nichts anderes. Sie sagen, wir erleben den heftigsten Wintereinbruch seit fünfzig Jahren.«

»Und? Mein Ford hat Winterreifen. Außerdem fahre ich vorsichtig.«

»Du vielleicht. Aber man kann nie wissen, ob die anderen auch so umsichtig sind.«

Da hat sie recht. »Also hat dich Quebec nicht zu einem Winterfan gemacht?«, frage ich.

»Nein. Ich würde mich sofort in die Karibik verdrücken, wenn du mitkommst.« Sie entspannt sich und sieht zu mir hoch, mit Tomatensoße in den Mundwinkeln, die ich ihr mit dem Daumen wegwische. »Aber ich mag den Eisraum«, sagt sie. »Hundertprozentig.«

»Den Eisraum oder das Höhlenmenschen-Spiel?«

»Mmh … beides.«

Werde ich mir merken.

Es wäre unglaublich leicht, jetzt ein Spiel mit ihr anzufangen, doch ich entscheide mich dagegen. Sie ist müde und soll sich ausruhen.

Ich nehme mir einen Teller, wärme mir die Reste der Lasagne auf, und ganz gegen unsere sonstigen Gewohnheiten machen wir es uns auf dem Sofa gemütlich. Wir schauen die Nachrichten und danach einen Film auf Netflix, und irgendwann schläft Audrey an mich gelehnt ein.

Meine Frau …

Eine Weile betrachte ich sie, ihre vollen Lippen, ihre schmale Nase, der Schwung ihrer Augenbrauen. *Sie sieht aus wie immer,* denke ich mir. *Keine Schatten unter den Augen, nicht blass. Im Gegenteil. Ihre Wangen sind rosig, und* – ich fühle ihre Hände – *ihr ist warm, zur Abwechslung.* Alles ist für den Moment wieder perfekt. Ian und Audrey arbeiten am Freeze & Please, Weihnachten kommt bald, und dann haben wir Einjähriges. Seltsam, mir ist, als würde ich sie länger kennen. Viel länger.

Zärtlich küsse ich ihre Schläfe, und sie blinzelt.

»Bin ich eingeschlafen?«, fragt sie.

»Nur fünf Minuten«, lüge ich, damit sie wieder wegdöst.

Macht sie aber nicht, sondern streckt sich und sieht zum Fernseher. »Da läuft gleich der Abspann. Von wegen fünf Minuten.«

»Wir schauen den Film später noch mal.« Ich stehe auf. »Lass uns schlafen gehen.«

»Du kommst mit?« Sie klingt überrascht.

»Na, einer muss dir ja die Füße wärmen, Kleines.«

»Du weißt, dass du mehr für mich bist?«, sagt sie da. »Viel mehr.«

»Weiß ich. So wie du für mich.«

Und einfach so ist alles, wie es sein soll. Als hätte nie etwas zwischen uns gestanden.

Für den Moment …

8. Kapitel

AUDREY

»Hier soll der Anbau entstehen«, erklärt Ian, als wir am nächsten Tag wie besprochen durch knöcheltiefen Schnee stapfen und dabei Fähnchen in den gefrorenen Boden rammen.

Ich drehe mich zur Villa um, die teilweise hinter den bereits aufgestellten Sichtschutzwänden verschwindet. »Wir sollten den Weg vom Haus hierher nicht vergessen«, sage ich. »Wo hast du die Grundstückspläne?«

Ian rollt ein Papier aus, auf dem das Haupt- und die Nebengebäude, der Pool, die Sauna und Grünanlagen eingezeichnet sind. Mit dem Finger fahre ich eine gebogene Linie entlang. »Siehst du, wir könnten Teile der bestehenden Wege nutzen und einen Korridor zwischen dem Klub und dem Eis-Playroom einrichten.« Das würde Arbeit sparen.

»Dauert das nicht ewig, um vom Tease & Please zum Freeze & Please zu wechseln?«, meint Ian zweifelnd. Er will lieber einen direkten neuen Weg bauen.

Ewig? »Maximal drei Minuten!«, werfe ich ein, weil ich die Strecke im Sommer oft gegangen bin. »Und es könnte dabei helfen, dass sich die Subs auf die Welt einstimmen.« Ich tippe auf weitere Punkte. »Hier, hier und hier könnten wir außerdem entlang des Wegs Eis- oder – um nicht jedes Jahr so viel Geld auszugeben – Kristallskulpturen aufstellen.«

»Was steht dort normalerweise?«, fragt Ian.

»Podeste mit Kübelpflanzen.«

»Oh, gute Idee!« Ian markiert die Punkte in der Karte. »Und wenn das Konzept funktioniert, könnten wir den Bereich in die Richtung erweitern«, erklärt er und zeigt auf eine Fläche, die von hier zu einem Nebengebäude führt, das wir für die Gäste als Rezeption und Aufwärmraum umbauen könnten. Ich sehe es förmlich vor mir … eine blau-weiße Landschaft aus Eiskristallen, sinnlich, märchenhaft, schön und doch gefährlich. So wie die Spiele im Klub.

»Was wären deine nächsten Schritte?«, frage ich.

»Ich würde das Sicherheitskonzept entwickeln, alle Spielsachen, die auf unserer Liste stehen, noch mal prüfen lassen und die Verhaltensregeln für Mitarbeiter und Kunden ausarbeiten.« In Kurzform: sämtlicher Rechtskram.

»Gut, dann übernehme ich die Absprachen mit den Architekten.« Ich schlüpfe aus meinen Handschuhen, mache mir eine Notiz auf dem Handy und schiebe meine Hände schnell zurück in den mäßig warmen Kokon.

»Du frierst, lass uns das drinnen weiter besprechen.«

»Angst, dass Reece dich für meine Frostbeulen bestraft?«

»Yepp«, sagt er grinsend. »Nippelklemmen finde ich nur an Catherine schön. Nicht an mir.«

»Ha, ha«, mache ich schmunzelnd. *Als würde Reece ihn so bestrafen!* Wenn ich Frostbeulen bekäme, sollte sich Ian eher um seine Nase als um seine Nippel Sorgen machen.

Ich atme noch ein Mal tief durch. Die Luft ist kalt und klar. Schade, dass ich immer so schnell bibbere. »Okay, lass uns zurückgehen. Ich will ja nicht, dass du Ärger kriegst.«

Wieder in der Villa holen wir uns Tee, und Ian bespricht mit mir die von ihm geprüften Bauunternehmen, die auf Unterkünfte aus Eis spezialisiert sind, und gibt mir die Kontakte der Innenarchitekten und Designer, die bisher das Innere der Villa gestaltet haben. *Es kann losgehen!*

»Schaffst du das allein?«, fragt mich Ian, als wir alles besprochen haben.

»Die Eröffnung Anfang Januar wird auf jeden Fall sportlich. Aber ja, ich gehe davon aus, ich beziehungsweise wir schaffen das«, sage ich. »Wir brauchen für den Start ja keinen Eispalast, sondern nur einen Raum plus Vorzimmer. Die Anbieter, die du rausgesucht hast, haben so was schon mal gebaut. Das sollte Zeit sparen. Und wenn ich jetzt sofort ein paar Künstler anfrage, bekommen wir passend zum Tease & Please individuelle Eisskulpturen. Das sollte genügen.« *Viel, aber machbar.*

»Wenn du Hilfe brauchst, meldest du dich?«

»Wenn ich Hilfe brauche, falle ich vor Reece auf die Knie und bitte um weitere Mitarbeiter.« *Mit allen Mitteln …*

»Cleveres Mädchen!«

»Immer.« *Es muss ja Vorteile haben, die Freundin vom Boss zu sein.*

Ich habe ein richtig gutes Gefühl, als wir alles besprochen haben, verschanze mich in meinem Büro und schreibe das Briefing für den Bau des Freeze & Please.

Dass ich bis um acht durcharbeite, merke ich nicht. Bis Reece mich anruft.

»Du bist noch im Klub?«, fragt er.

»Oh … Ja … Sorry, dass ich mich nicht gemeldet habe. Ich war total konzentriert bei der Sache.« Bei schallgedämpften Eiswänden und geplanten Erweiterungen.

»Macht nichts. Ich habe mich nur gewundert.«

Ungewöhnlich für Reece. Es gab schon Tage, da war ich viel länger weg, und er hat nicht nachgefragt, wo ich bleibe. »Soll ich etwa kommen?«, flirte ich. »Vermisst du mich, Sir?«

»Immer«, sagt er so ernst, dass sich alles in mir vor Verlangen zusammenzieht. Weil er mich braucht, so wie ich ihn brauche.

»Soll ich also –?«, beginne ich.

»Nein, mach ruhig weiter. Ich wollte dich nicht stören. Meld dich einfach, sobald du auf dem Weg bist. Dann weiß ich Bescheid. Okay?«

»Klar, mache ich«, sage ich. »Ich hab dich lieb.«

»Ich dich auch, Kleines.«

Was ist nur mit Reece los? So kenne ich ihn gar nicht. Ich beende das Gespräch und schaue verwundert auf mein Handy. *Vielleicht ist mein seltsames Verhalten ja ansteckend?*

Unwillkürlich muss ich bei dem Gedanken kichern. *Das ist nicht lustig, Audrey,* ermahne ich mich. *Reece macht sich Sorgen, und das sollte er nicht.*

Oder hat er angerufen, um rauszukriegen, wann ich komme, weil er sich in der Zwischenzeit mit einer anderen Frau vergnügt?

Ich schüttele mich.

Wo kommt denn der Gedanke plötzlich her, Audrey? Reece liebt dich.

Trotzdem lässt sich das unangenehme Gefühl nicht abschütteln. *Das ist doch nicht normal!* Entweder ich drehe mal wieder durch, oder ich bin krank. *Richtig krank.*

Besorgt fühle ich meine Stirn. *Wie immer.* Meine Hände sind kühl, allerdings nicht kalt. Mir geht es eigentlich ganz gut. Aber diese Unruhe und Überempfindlichkeit bleiben.

Schluss damit!

Ich speichere meine Arbeit, verschicke die letzten Mails und mache mich auf die Suche nach Collins. Der Arzt des Tease & Please hat normalerweise seine Praxis in der Stadt. Manchmal ist er aber auch im Klub – wenn besonders wichtige Kunden da sind oder er die Mitarbeiter durchcheckt.

Auf gut Glück klopfe ich an der Tür des Sprechzimmers. Doch nichts rührt sich. *Pech gehabt, Audrey.*

Ich will gerade gehen, als er mit einem Kaffee über den Gang geschlendert kommt und seinen Schritt beschleunigt, sobald er mich sieht.

»Ms Montgomery, ist was passiert?«

»Nein«, sage ich schnell, bevor er denkt, jemand im Klub bräuchte Hilfe. Wir hatten genug Drama in diesem Jahr. »Keine Vorkommnisse. Ich wollte Sie nur sprechen.«

»Wegen des Freeze & Please? Ian hat mich schon über Ihr kleines Projekt informiert. Bitte, kommen Sie rein!« Er hält mir die Tür auf und führt mich in sein Büro.

Ich schließe sie hinter mir und sage: »Unter vier Augen.«

»Es geht um was Privates?«, schlussfolgert er.

Yepp, um meine kleine Macke.

»Also, ich hab eigentlich nichts«, sage ich sofort. »Ich fühle mich wirklich gut. Ich bin nur etwas durch den Wind und total empfindlich und … Ich hab keinen Gehirntumor, oder?«

Er versucht, ernst zu bleiben, aber kräuselt wie erwartet die Lippen.

»Ist das so abwegig?«, schicke ich hinterher. In meinen Augen passen die Symptome. Freude, Wut und Angst im Wechsel. Dazu Müdigkeit. Ich muss was am Kopf haben, genau dort, wo der Hormonhaushalt die Gefühle reguliert. Beziehungsweise in meinem Fall: durcheinanderwirbelt.

»Also, wenn Sie einen hätten, wäre das bestimmt aufgefallen«, sagt er gefasster.

»Nicht wenn er winzig klein ist.«

»Sie sprechen korrekt, richtig?«

Ich nicke.

»Ihr Gedächtnis arbeitet tadellos?«

»Natürlich!« Jede Sekunde mit Reece brennt sich ein. Tiefer und tiefer.

»Soweit ich sehe, funktioniert auch Ihre Motorik einwandfrei. Also ja, es ist absolut abwegig, dass Sie einen Tumor haben, Ms Montgomery.«

Ich setze mich auf die Behandlungsliege, nicht bereit, es dabei bewenden zu lassen. »Aber irgendwas stimmt nicht. Alle merken es, mich eingeschlossen. Und Reece macht sich Sorgen und …« Ich will es nicht aussprechen, weil es dann irgendwie wahr wird und mir der Gedanke Angst macht, mehr Angst als der Tumor, weil das die Dinge zwischen Reece und mir ändern würde. Aber ich muss. »Catherine, die Freundin von Ian, meinte …« *Los, trau dich, Audrey!* »Könnte ich schwanger sein?«

»Mmh«, macht er, und dieses Mal kräuseln sich seine Lippen nicht. Er bleibt professionell. »Wieso denken Sie das, Ms Montgomery?«

»*Ich* denke das gar nicht. Catherine hat das gedacht. Aber könnte es stimmen?«

»Haben Sie einen Test gemacht?«, fragt er.

»Nein. Die zeigen doch frühestens nach einem Monat das Ergebnis. Und ich hatte meine Tage zuletzt vor zwei Wochen.«

»Und die waren wie immer?«

»Na ja …« *Jetzt da er es erwähnt!* »Im Klub war es stressig. Sie waren kürzer als sonst, aber das fand ich nicht ungewöhnlich. Das hatte ich schon öfter mal.«

»Und damals waren Sie nicht schwanger?«

»Definitiv nicht.« *Sondern erkältet.*

»Wissen Sie, ich würde Ihnen trotzdem zu dem Test raten. Und je nachdem, was der anzeigt, vereinbaren Sie einen Termin bei Ihrem Frauenarzt oder wiederholen ihn noch mal in zwei Wochen.«

Sehr hilfreich. »Sie können mich nicht untersuchen?« *Hier und jetzt, damit ich nicht weiter durchdrehe?* Er kennt sich schließlich mit den intimen Bedürfnissen unserer Kunden aus und hat zum Beispiel Catherine im Sommer durchgecheckt. Wenn auch wegen anderer Probleme.

»Bedauere, Ms Montgomery.«

»Ehrlich?« Das enttäuscht mich.

»Ich könnte Ihnen Blut abnehmen und eine Woche später die Laborergebnisse mit Ihnen besprechen. Und ich könnte sie abhören. Aber ich kann Ihnen jetzt schon sagen, dass ich dabei nichts Auffälliges finden werde.«

»Das war es also?«

Er greift in seine Schublade und holt einen länglichen, verpackten Gegenstand heraus. »Ich kann Ihnen nur den hier schon mal geben, wenn Sie mögen.«

Ich lese den Aufdruck. »Einen Schwangerschaftstest?«

»Die hat ein Pharmavertreter dagelassen. Nehmen Sie einen, und dann wissen Sie mehr.«

»Das Ergebnis kenne ich schon. Nicht schwanger«, sage ich.

»Ms Montgomery, einfach machen! Wenn Sie sich so sicher sind, dass Sie nicht schwanger sind, ist es doch kein Problem. Sehen Sie es als Übung und gute Tat. Sie finden heraus, wie man so einen Test benutzt, und ich muss kein schlechtes Gewissen haben, dass die Teile in meiner Schublade verkommen.«

Mit der guten Tat kriegt er mich. »Na schön, geben Sie her! Ich wollte sowieso gleich auf die Toilette.«

Collins reicht mir den Test.

»Haben die Pharmavertreter zufällig auch Beutelchen dagelassen, in denen man den hier diskret transportieren kann, damit nicht der ganze Klub sieht, dass die Freundin vom Boss mit einem Test über die Gänge spaziert?«

»Haben sie«, sagt er und gibt mir lächelnd ein schwarzes Säckchen, in dem normalerweise Dildos verpackt werden.

Nicht viel besser für die Gerüchteküche. ›Im Hause Randall-Montgomery kriselt es. Reece hat es nicht mehr drauf. Seine Freundin besorgt es sich heimlich auf den Klubtoiletten.‹ *Aber gut, darüber würde Reece lachen. Eventuell.*

»Dann los!«, sage ich, bevor mich der Mut verlässt.

»Ich drücke die Daumen.«

Wie lieb! »Für welches Ergebnis?«

»Für das, das Sie haben wollen.«

Und das wäre … Wow!

Mein Herz rast auf einmal wie verrückt, und alles in mir zieht sich zusammen, wenn ich mir vorstelle, dass ich schwanger sein könnte. *Das wäre toll. Irgendwie*, denke ich mir plötzlich, *wäre das toll.*

Wie seltsam!

Bevor mich ein weiterer Gefühlsschwall trifft, gehe ich aufs Klo. Ich befolge die Anleitung und warte auf der geschlossenen Toilette sitzend. Was sich viel zu heimlich und verboten und bescheuert anfühlt.

Das ist so albern, denke ich. *Du bist nicht schwanger, Audrey!*

Über mich selbst den Kopf schüttelnd verlasse ich die Kabine. Ich wasche mir die Hände, ordne meine Haare und scrolle dann durch Instagram, um Zeit totzuschlagen.

Erst eine Minute. *Eine Sängerin hat geheiratet.*

Dann zwei. *Oh, ein neues Ballettvideo!*

Dann fünf. *Wow, wieder jemand mit diesen hübschen, wenn auch leider verdammt unpraktischen Lederhandschuhen!*

Ich halte inne.

Hast du etwa Angst, Audrey? Los, sieh nach! Spekulationen sind viel nerviger als die Wahrheit. Mit der Wahrheit kann man was tun, mit Spekulationen nur sich und alle anderen weiter in den Wahnsinn treiben.

Ich stecke das Handy weg, und mir stockt der Atem, als ich auf das Display des Tests schaue.

Schwanger. Krass!

Ich meine: KRASS!!! Das kann nicht wahr sein!

Eilig laufe ich zurück zu Collins. »Ich brauche einen weiteren Test. Sofort! Der hier, der funktioniert nicht.«

Er sieht mich überrascht an. »Nur die Ruhe! Was ist passiert?«

»Ich bin ruhig!«, keife ich. *Puh, okay, bin ich nicht. Aber wen kümmert's?* »Könnten Sie mir noch einen geben?«, frage ich beherrschter.

Schmunzelnd greift er erneut in seine Schublade, und ich frage mich, wie viele Tests er dort hortet. Aber immerhin, ohne zu murren, gibt er mir einen neuen. »Reicht der oder wollen Sie gleich drei weitere?«

Nimmt er mich auf den Arm? »Nein, der zweite reicht.« Es sei denn, er sagt jetzt was anderes. Dann bräuchte ich tatsächlich noch einen dritten. *Aber alles der Reihe nach, Audrey.*

Da ich erst mal nicht mehr auf die Toilette muss, trinke ich Unmengen Tee und warte, ohne dass ich an irgendetwas anderes denken kann.

Das ergibt einfach keinen Sinn. Ich verhüte. Ich hatte meine Tage. Alles ist wie immer.

Und doch würde es so einiges erklären …

***

Eine Stunde später wiederhole ich den Test, bleibe dieses Mal in der Kabine, um ungestört zu sein, und starre das Display an, als könnte ich es mit der Kraft meiner Gedanken dazu zwingen, das Ergebnis schneller zu zeigen. *Nicht unbedingt der schönste Ort für einen der eventuell schönsten Momente im Leben einer Frau. Aber wann sind die Dinge schon perfekt?*

Und dann wechselt die Anzeige.

Schwanger.

Wirklich schwanger!

Ich bin so überwältigt, dass ich das Gefühl, das ich habe, gar nicht in Worte fassen kann. Ich heule los. Einfach so. Und dann kapiere ich es: Ich freue mich. Ich freue mich wie wahnsinnig. Und ich muss nach Hause, zu Reece.

Sofort.

Entschlossen verlasse ich die Kabine, schmeiße den Test zu dem anderen in den Mülleimer, mache mich frisch und ziehe mir meinen für das Eishotel neu gekauften, superwarmen Multifunktions-Wintermantel an.

»Und?«, fragt mich Collins, dem ich auf dem Flur noch mal über den Weg laufe.

»Ich fahre jetzt nach Hause«, sage ich. *Zu Reece. Ich muss unbedingt bei Reece sein.*

Er schüttelt mir lächelnd die Hand. »Herzlichen Glückwunsch!«

»Danke.« Ich muss ihn einfach umarmen. »Danke, danke, danke.«

»Das sollten Sie nicht mir, sondern Mr Randall sagen.« Behutsam löst er meine Arme von sich. »Fahren Sie schon! Aber vorsichtig. Es hat wieder zu schneien begonnen.«

»Natürlich«, sage ich. Natürlich fahre ich vorsichtig. Schließlich muss ich ja jetzt nicht nur auf mich aufpassen. Sondern auch noch auf einen zweiten kleinen Menschen.

Aus einem Impuls heraus mache ich jedoch noch einen Abstecher zur Bar, was zwar seltsam ist, weil ich bereits für draußen angezogen bin. Und dann wieder nicht, weil mich nicht nur die Angestellten des Klubs kennen, sondern auch die meisten der Gäste. Deshalb ist es okay.

»Haben wir alkoholfreien Sekt hier?«, frage ich Paul, der gerade Longdrink-Gläser abtrocknet.

»Klar«, sagt er. »Sogar ganz guten.«

»Kannst du mir eine Flasche abzwacken?«

Ich ernte einen fragenden Blick, doch statt Erklärungen von mir zu geben und mich eventuell zu verplappern, presse ich die Lippen fest zusammen. Denn ich platze fast von dem Drang, die Neuigkeiten in die ganze Welt hinauszuposaunen. Aber zuerst muss es Reece erfahren.

»Okay, die zukünftige Mrs Randall bekommt, was die zukünftige Mrs Randall will«, sagt er ergeben und reicht mir eine Flasche.

»Du weißt, dass er mir noch keinen Antrag gemacht hat?«, wende ich ein.

»Und du weißt, dass das nur eine Frage der Zeit ist?«

Ich strahle, weil ich so weit noch gar nicht gedacht habe, es mir aber ziemlich gut vorstellen kann, die Frau an Reece Randalls Seite zu sein. Die Eine. Für immer. Dann nehme ich den Sekt. »Du bist der Beste, Paul!«

»Erinnere dich bitte daran, wenn bei der Abrechnung eine Flasche weniger auftaucht und ich mich dafür vor Reece rechtfertigen muss. Dann könnte ich deine Hilfe gebrauchen.«

»Kriegst du!«, flöte ich, schnappe mir den Sekt, drücke Paul über den Tresen gebeugt einen Kuss auf die Wange und schwirre ab.

Reece wird Augen machen, wenn ich mit dem Sekt auftauche. Vielleicht weiß er es ja sofort? Oder er braucht einen Hinweis. Was auch okay wäre. Wir werden anstoßen und uns dann lieben.

Na ja, oder wahrscheinlich wird Reece zuerst über mich herfallen, wir werden uns lieben und erst danach werden wir anstoßen und uns vermutlich noch mal lieben. Alles in mir summt bei dem Gedanken.

Vorsichtig fahre ich los und höre auf, von Reece und mir zu träumen. Collins hat recht gehabt, es schneit wieder. Heftig. An einigen Stellen sieht man kaum, wo die Fahrbahn endet und das Umland beginnt. An anderen geben Waldabschnitte links und rechts wenigstens einen Anhaltspunkt. Und natürlich die schwachen Reifenspuren, die die Autos vor mir im Schnee hinterlassen haben.

Ich hasse den Winter, denke ich mir zum wiederholten Mal und stelle die Sitzheizung eine Spur wärmer ein, als ließe er sich damit vertreiben.

Um mich zu entspannen, schalte ich das Radio ein. Die ersten Weihnachtslieder werden gespielt. *Wie nett!* Weihnachten ist das einzig Gute am Winter. Anders als diese Schneemassen, die vom Himmel kommen.

Ich denke mir gerade, dass ich vielleicht im Klub hätte bleiben sollen, statt so spät noch zu fahren. In dem Moment gibt es einen heftigen Knall. Mein Wagen schlittert von der Fahrbahn, und ich kann nichts dagegen tun.

Absolut gar nichts.

Und idiotischerweise denke ich als Nächstes: *Hoffentlich geht die Sektflasche nicht kaputt.*

Als wäre das wichtig!

REECE

Schnee … Eigentlich mag ich Schnee. Aber gerade macht er mich unruhig. Es ist nur ein Gefühl, doch es lässt sich nicht vertreiben. Denn es schneit so heftig, dass die Nacht nicht schwarz, sondern neblig hell ist, weil das Licht der Stadt vom Schnee reflektiert wird.

Jetzt dreh nicht durch, Randall! Alles ist gut.

Ich arbeite bis kurz nach Mitternacht und wundere mich, dass Audrey sich nicht gemeldet hat. *Sie wird doch wohl nicht noch im Klub sein?!* Nicht dass das ungewöhnlich wäre. In dem Punkt ist sie wie ich. Wenn sie Feuer gefangen hat, vergisst sie die Zeit. Aber heute, heute fühlt es sich falsch an.

Okay, du drehst durch, Randall.

Tief durchatmend versuche ich, sie auf dem Handy zu erreichen. Wobei sofort ihre Mailbox anspringt. So als hätte sie es ausgestellt. Oder wäre im einzigen Funkloch, das es weit und breit gibt. Denn normalerweise hat man hier und im Umland ausgezeichneten Empfang.

Kein Grund zur Panik! Es wird alles okay sein.

Ich überlege, was als Nächstes zu tun ist, und rufe im Tease & Please an. Eric, unser Gästebetreuer, geht ran und wir tauschen kurz die Neuigkeiten des Tages aus. Alles ohne Vorkommnisse.

»Heute ist nicht viel los«, sagt er.

»Wegen des Wetters?«

»Ich glaube eher wegen der kommenden Feiertage.«

Ich nicke. *Klingt logisch.* Während zu Weihnachten im Klub Spiele mit der Rute und mit der Frage, ob man artig war,

Standard sind, feiern die meisten unserer Kunden Thanksgiving zu Hause im Kreis ihrer Lieben – und haben in der Woche davor mit den Vorbereitungen zu tun.

»Aber deswegen rufst du nicht an, oder?«, fragt Eric.

»Nein.« *Los, frag, Randall!* »Kannst du Audrey bitte ans Telefon holen? Ihr Handy spinnt.« *Das wird es sein. Es ist einfach aus.*

»Audrey?«, wiederholt er so erstaunt, dass sich sämtliche Nackenhaare bei mir aufstellen. *Nicht das, was ich hören will. Aber noch immer kein Grund zur Panik, Randall.*

»Du weißt schon: Diese sexy Brünette, die ständig an meiner Seite klebt und von der ich den Blick nicht abwenden kann«, sage ich scherzhaft.

»Ha, ha«, macht er trocken lachend. »Ist sie dir etwa verloren gegangen?«

»Quasi.«

»Dafür gibt es Tracker.«

»Eric!«, knurre ich ungehalten, dabei wünsche ich mir genau jetzt, sie hätte so einen. Egal wie kontrollsüchtig das wirkt. Mein Handy lässt sich immerhin über die iPhone-Suche finden. Sie hat die Funktion bei sich jedoch deaktiviert. Aus Datenschutzgründen. Damit die NSA sie nicht überwachen kann. *Klasse.*

»Sie ist schon vor einer ganzen Weile losgefahren«, sagt Eric.

Mein Herz rast. Ungesund schnell. »Wann genau?«

»Keine Ahnung. Du weißt doch, sie darf hier rein- und rausspazieren, wie es ihr beliebt.«

Weiß ich, das beruhigt allerdings nicht gerade meine Nerven. »Kannst du mal am Eingangstor fragen und …?« Ich zögere, aber ich brauche Antworten. »… und falls die es nicht wissen, die Sicherheitsvideos checken?«

»Ähm … Reece, bist du dir sicher, dass du das willst? Du klingst ganz schön psycho.«

Mir egal. »Mach, oder der Psycho kündigt dir«, knurre ich in einer Gemütslage, in der das durchaus im Bereich des Möglichen ist und mich auch Ian mit seinem Anwaltsblabla zu den Kündigungsfristen nicht aufhalten könnte.

»Gut, warte kurz! Ich sprech mit den Leuten von der Einfahrt.«

Warten gehört momentan nicht zu meinen Stärken. Zur Überbrückung prüfe ich über die Sicherheitskameras des Gebäudes, ob Audreys Wagen vielleicht gerade jetzt in der Tiefgarage geparkt hat – hat er nicht –, und beobachte dann wieder den Schnee. Der fällt und fällt und fällt. *Was für ein Winteranfang!*

»Reece?«, meldet sich Eric in dem Moment, ernst und mit einem angespannten Unterton in der Stimme.

»Ja?«

»Louis meint, sie ist vor fast zwei Stunden los. Aber das muss nichts heißen. Hier schneit es wie verrückt. Vermutlich braucht sie nur länger und kommt jede Sekunde rein.«

Netter Versuch, mich zu beruhigen. Leider umsonst. Ich muss plötzlich daran denken, wie aufgelöst Audrey in letzter Zeit immer war, wenn ich so spät nach Hause gekommen bin, und wie überzogen ich ihr Verhalten gefunden habe. *Fuck!* Jetzt verstehe ich es nur zu gut. Ein Wunder, dass sie nicht heftiger ausgetickt ist. Denn ich werde es, sobald ich sie in die Finger kriege.

»Danke, Eric«, sage ich nur.

»Kann ich noch was tun?«, fragt er.

Das ist nicht nur eine Floskel, sondern ernst gemeint. Wir sind ein Team, halten zusammen und helfen einander. »Falls jemand was von ihr hört, will ich es wissen. Egal ob es eine Textnachricht, eine E-Mail oder ein Anruf ist. Okay?«

»Sicher, geb ich weiter.«

Ich lege auf, sehe auf die Uhr und rechne die Zeit nach, die vergangen ist. Eric hat recht. Wenn Audrey wegen des Schnees langsamer gefahren ist – was sie garantiert getan hat –, dann würde das erklären, warum sie noch nicht da ist. Für die Strecke braucht man normalerweise zwischen dreißig und vierzig Minuten. Sie ist jetzt etwas mehr als anderthalb Stunden weg.

Ich probiere es erneut auf ihrem Handy. Idiotisch, doch ich kann nicht nichts tun.

Wieder die Mailbox. *Scheiße!*

Und wenn sie eine Panne hat?

Dann wäre sie im Taxi nach Hause gekommen! Vielleicht ist sie längst zurück, hat geduscht und ist schlafen gegangen. Das wäre zwar nicht ihre Art, wortlos ins Bett zu gehen. Aber sie ist in letzter Zeit seltsam. Es könnte also sein, klammere ich mich an die Hoffnung.

Ich fahre ins Penthouse und renne durch unsere Wohnung.

»Audrey?!«, rufe ich, laufe durchs Wohnzimmer, schaue ins Bad und ins Schlafzimmer. »Kleines, bist du da?«

Ihr Duft liegt in der Luft. Vertraut, beruhigend, allerdings viel schwächer als sonst. Noch von heute Vormittag. Nicht vom Abend.

Sie ist nicht hier, Randall.

Und nicht im Klub.

Fuck!

Ja, vielleicht übertreibe ich, aber ich halte das Warten nicht länger aus. Ich habe immer meinem Instinkt vertraut, und der schlägt gerade Alarm.

Ich hinterlasse Audrey eine Nachricht auf ihrem Handy und schreibe ein Dutzend Zettel, die ich im Penthouse verteile, dass ich unterwegs bin, um sie zu suchen – nur für den Fall, dass wir uns verpassen und sie vor mir zurück ist. Dann verlasse ich den Randall Tower und fahre los, raus aus der Stadt, Richtung Tease & Please.

***

Kaum bin ich auf der Interstate, erhalte ich einen Anruf von Ian.

»Was ist los?«, fragt er und ein »Was sagt er?« höre ich von Catherine im Hintergrund.

Eric muss mit ihnen gesprochen haben. Und Ian klingt nicht so, als würde er meine Sorge auf die leichte Schulter nehmen.

»Audrey ist noch nicht zu Hause«, erkläre ich, was er vermutlich längst weiß. »Hast du zufällig was von ihr gehört?«

»Nein, seit ich gegen sieben zurückgefahren bin, nichts. Mist, ich hätte sie mitnehmen sollen. Sie hätte hier arbeiten können.«

»Es ist nicht deine Schuld. Diese Frau ist stur. Wenn sie vor Ort arbeiten will, arbeitet sie dort.« Ich atme tief durch. »Außerdem wissen wir noch nicht, was los ist. Vielleicht klärt sich gleich alles.«

»Oder vielleicht auch nicht«, sagt Ian. »Was kann ich tun?«

Beten? Keine Ahnung. »Ich fahre gerade zum Klub«, sage ich daher nur.

»Gut, ich mach mich auch auf den Weg.«

»Nein«, sage ich sofort. *Was soll das bringen? Ich brauche niemanden zum Händchenhalten, sondern Audrey.*

»Lass mich dir helfen!«, beharrt Ian.

»Wir könnten die Krankenhäuser in der Umgebung abtelefonieren«, sagt Catherine im Hintergrund. »Vielleicht ist sie dort.«

Ich will ablehnen. Denn das würde bedeuten, dass Audrey verletzt ist. *Aber es ist clever, Randall.* »Gut«, sage ich daher. »Und Ian?«

»Ja?«

»Falls Eric es noch nicht getan hat: Kannst du bitte mit Nikki und Kosto sprechen?« Egal wie spät es ist, ich würde immer wissen wollen, wenn einem Menschen, der mir am Herzen liegt, was passiert ist. Nikki garantiert auch.

»Klar, mache ich«, sagt Ian. »Und du gibst Bescheid, sobald sie auftaucht?«

»Sicher.«

Ich lege auf und müsste mich besser fühlen, weil alle die Sache ernst nehmen und helfen wollen. Aber ich tue es nicht. *Wie konnte Audrey nur bei dem Wetter losfahren?! Sie hätte im Klub übernachten sollen.*

Ich klebe hinter dem Lenkrad und versuche, jedes entgegenkommende Fahrzeug zu identifizieren. Schließlich könnte es Audrey sein. Aber sie ist es nicht.

Fuck, Kleines, wo zum Henker steckst du?

Und dann der viel schlimmere Gedanke: *Was, wenn sie to–*

Nein, denk nicht mal dran, Randall!

9. Kapitel

AUDREY

Kalt, kalt, kalt …

Moment mal! Und ein verdammt warmer Hintern?

Das ergibt keinen Sinn.

Ich komme zu mir und verstehe im ersten Augenblick nicht, was passiert ist. *Bin ich am Steuer eingeschlafen? Träume ich? Bin ich tot?*

Dann stürmt die Realität auf mich ein. Ich hatte einen Unfall, bin von der Straße abgekommen, mein Wagen ist Schrott, und ich bin noch drin. Während mich bis auf Bäume und Schnee, den ich im Lichtkegel der Scheinwerfer erkenne, nur Schwärze umgibt.

Keine Panik, Audrey. Dein Gehirn kann denken, also kann es nicht so schlimm sein.

Ich schalte das Radio ab, aus dem noch immer Weihnachtslieder dröhnen, und lausche in die Nacht hinein. Entfernt ist das Rauschen der Fahrbahn zu hören, sonst ist es ruhig. *Zu ruhig.* »Hilfe!«, rufe ich. »Hört mich jemand?«

Ich sehe mich vorsichtig um, erkenne aber nur, warum mir gleichzeitig warm und kalt ist. Eine Scheibe ist zerborsten, während meine Sitzheizung weiterläuft.

Keine Panik, wiederhole ich tief durchatmend.

Ich bewege meine Finger und wackele mit den Zehen. *Gut.* Das würde nicht klappen, wenn ich ernsthaft verletzt wäre.

Oder du stehst unter Schock und spürst keine Schmerzen.

Nein, geh vom Positiven aus! Du hattest Glück.

Und das Baby?!, durchfährt es mich.

Besorgt lege ich eine Hand auf meinen Bauch. Ich spüre nichts, und für einen kurzen Augenblick reicht das aus, damit mein Puls ängstlich in die Höhe schnellt. *Was, wenn es verletzt wurde?*

Dann setzt die Vernunft ein. Wenn ich schwanger bin, so ist mein Baby so winzig, dass es von meinem Körper genügend gepolstert ist. *Uns beiden geht es gut. Ganz bestimmt.*

Ich suche meine Tasche, die bei meinem Abgang von der Straße durch den Wagen geflogen ist, finde sie auf der Fußmatte vom Beifahrersitz, hole mein Handy heraus und wähle den Notruf.

Nichts passiert.

Ich starre auf das Display. Der Akku ist noch halb voll. Das ist nicht das Problem. *Sondern dass du keinen Empfang hast. Mist!*

Ich stecke es zurück in meine Tasche, stelle den Motor ab, lasse jedoch das Licht an und versuche, die Tür zu öffnen.

Wieder tut sich nichts. Die Tür klemmt.

Ich löse meinen Anschnallgurt, rücke auf die andere Seite und probiere es an der Beifahrertür. Die geht zwar auf, wird aber von außen blockiert.

Und wenn ich einfach sitzen bleibe und warte? Jemand wird doch wohl bemerkt haben, dass ich von der Straße abgekommen bin.

Als wollte der Himmel mir ›Träum weiter, Audrey!‹ sagen, schneit es prompt noch heftiger.

Okay, lieber Gott, ich hab's verstanden, Botschaft angekommen. Alle Spuren, die darauf hindeuten, dass ich hier unten bin, sind längst verweht. Niemand wird von der Fahrbahn aus merken, dass ich Hilfe brauche. Ich muss mir selbst helfen. *Also probier die hintere Tür!*

Ich will gerade auf den Rücksitz klettern, als mich ein Ziehen im Nacken und ein heftiges Pochen hinter meiner Stirn innehalten lassen. Ich reibe mir die Schläfen und ertaste mit den Fingerspitzen Blut an meiner Stirn.

Nicht gut, Audrey.

Ich klappe den Spiegel von der Sonnenblende des Beifahrers herunter und erschrecke. Die Scheinwerfer spenden etwas Licht, und es reicht, um zu sehen, dass ich eine dicke Beule, ein paar Schrammen und einen Schnitt im Gesicht habe.

Weil der Airbag nicht aufgegangen ist, wird mir klar. Ich drehe mich zum Fahrersitz und mir fällt erst jetzt der armdicke Ast auf, der durch das Fenster ragt. Den muss ich eben beim Probieren der Tür vor Panik ausgeblendet haben. *Daher die kaputte Scheibe und deine Schramme.* Und ich hatte richtig Glück, denn der Ast bohrt sich von oben durch die Frontscheibe und seitlich am Sitz vorbei. Wäre der Wagen nur etwas weiter links abgestürzt, so wäre ich nun aufgespießt. *Und tot.*

»Oh Gott, oh Gott, oh Gott!«

Nicht durchdrehen, Audrey!

Ich kämpfe den Anflug von Panik nieder und krabbele endlich auf den Rücksitz. Mit vor Kälte steifen Fingern ziehe ich am Türgriff hinter dem Fahrersitz. Auch diese Tür klemmt.

»Das darf doch wohl nicht wahr sein!«, schreie ich in die Nacht und gebe der Tür einen wütenden Tritt, der mir mehr wehtut, als dass er was bewirkt.

Dann rücke ich zur zweiten Tür vor.

»Wehe, du gehst ebenfalls nicht auf.«

Ich betätige den Hebel und bin erleichtert, als ich das Klacken höre. Auch diese Tür stößt wie die Beifahrertür gegen ein Hindernis, doch sie lässt sich etwas weiter öffnen. Der Spalt ist schmal, aber ausreichend. Ich zwänge mich hindurch und kreische auf, als ich bis zu den Knien in einer Schneeverwehung versinke.

»Verdammt, ich hasse den Winter. Ich hasse, hasse, hasse ihn.«

Aber ich bin endlich frei.

Ich erkenne, dass ich mich ein ganzes Stück unterhalb der Fahrbahn befinde. Oben höre ich ab und zu Autos vorbeirauschen. Doch es ist spät. Viel Verkehr ist nicht mehr. Mein Wagen hat einen Totalschaden und … *Oh Gott!* Es gibt einen zweiten Wagen, einen Pick-up.

Natürlich, denn etwas hat dich gerammt, Audrey, und das war kein Reh!

»Hallo! Ist da wer?«, rufe ich durch die Dunkelheit.

Ich will eigentlich nicht wissen, was mich im anderen Wagen erwartet. Er sieht noch schlimmer verbeult aus als meiner, und ich sehe im Licht sehr schwach den Umriss eines Airbags, sonst nichts. Aber ich muss nachsehen.

»Können Sie mich hören?«, rede ich weiter, während ich mich durch den Schnee kämpfe.

»Hilfe«, krächzt da jemand leise. »Ich brauche Hilfe.«

Ich erkenne eine junge Frau hinter dem Lenkrad, jünger als ich, vielleicht Anfang zwanzig, und beeile mich noch mehr.

»Können Sie aussteigen?«, frage ich die Frau, als ich den Pick-up erreiche.

»Nein«, sagt sie. »Bitte, Sie müssen mir helfen.«

»Das versuche ich ja«, murmele ich. Aber ich habe keine Ahnung, wie. »Funktioniert Ihr Handy?«

»Weiß ich nicht.«

»Wo ist es?«

»In meiner Jackentasche.«

Ich spähe in den Wagen. »Ähm … In der Jacke, die Sie anhaben?« Und die blutverschmiert ist. Da kann ich nicht hingreifen. *Nie im Leben.* Nicht nur, weil es mich ekelt, sondern weil ich Schiss habe, dass ich die Frau noch mehr als bisher verletze.

Aber du musst was tun, Audrey. Denk nach!

»Hören Sie, ich geh hoch zur Straße, okay? Ich versuche, jemanden anzuhalten.« *Guter Plan!*

»Um Mitternacht?«

»Haben Sie eine bessere Idee?!«, frage ich unwirsch. Ich werde nicht nichts tun. »Außerdem hat das Handy dort vielleicht Empfang.« *Ja, so mache ich es.* »Wissen Sie, wo wir sind?« *Bitte. Das würde einiges erleichtern.*

»Keine Ahnung«, murmelt sie. »Keine Ahnung, keine Ahnung, keine Ahnung.«

Dreht sie etwa durch? Bloß nicht! Denn dann drehe ich mit durch.

»Wie heißen Sie?«, frage ich sie in meiner Lady-Dom-Stimme, der Subs Folge zu leisten haben, damit sie sich beruhigt.

»Lucy«, sagt sie. *Es wirkt. Gut.*

»Hi, Lucy, ich bin Audrey.« *Und ich kenne zehn Arten, dir Schmerzen zuzufügen und keine, um sie dir zu nehmen.*

Fokus, Audrey! Konzentrier dich. Kontrolle ist alles, und solange du was tun kannst, tu es!

»Ich gehe jetzt Hilfe holen«, sage ich. »In Ordnung?«

»Nein! Lassen Sie mich nicht allein! Hier gibt es Bären!«

Bären? Ich erschauere. *Machen die nicht Winterschlaf? Oder brauchen die noch etwas Fett, weil der Winter dieses Jahr so früh gekommen ist und das Polster, das sie sich bisher angefuttert haben, nicht reicht?* Schnell schüttele ich den Gedanken ab. Den an Bären und andere wilde Tiere. »Ich muss Hilfe holen«, beharre ich.

»Aber … Aber …« Sie kämpft mit sich, schließt die Augen, ist plötzlich ganz ruhig, und ich hoffe, sie macht jetzt nicht schlapp.

»Lucy?«, spreche ich sie behutsam an.

»Gehen Sie Hilfe holen«, sagt sie leise und zittert heftiger. »Aber beeilen Sie sich.«

Mist, würde ich gerne. So kann ich sie allerdings nicht zurücklassen. Sie erfriert sonst.

Ich sehe mich um, ob ich etwas finde, um sie zuzudecken. Doch da ist nichts.

Wehmütig schmiege ich mich in meinen dicken Mantel, will ihn nicht hergeben, weiß jedoch, was zu tun ist. Ich bin in Bewegung. Sie braucht ihn dringender. *Bye, bye, Wärme!*

Ich schlüpfe aus meinem gemütlichen Kokon, erschauere, aber lege den Mantel, so gut es geht, als Decke über sie. »Hier, nehmen Sie den. Ich bin gleich wieder da!«, sage ich und wende mich ab.

Zitternd stapfe ich durch den Schnee. Meine Füße werden kalt, meine Arme sind es längst. Nur meine Hände sind noch durchblutet, obwohl ich einen der Handschuhe verloren habe. Aber einer ist besser als keiner.

Direkt am Hang versuche ich den Aufstieg zur Straße, lande jedoch nur im Schnee. *Dumme Verzweiflungstat!* Jetzt durchweichen meine Klamotten.

Nach einer kurzen Atempause laufe ich die Böschung ab, um einen weniger steilen Abschnitt zu finden.

Auf dass nicht erst nach einer Meile einer kommt!

Unterwegs schaue ich immer wieder auf mein Handy. Leider bleibt der Empfang schlecht. Einmal gelingt es mir, den Notruf zu wählen. Doch sobald sich eine Frauenstimme meldet, ist die Leitung schon wieder tot.

»So eine Scheiße!«, fluche ich. *Wie soll man so Hilfe holen?*

Als ich zu einer neuen Stelle komme, die immer noch steil, allerdings mit etwas Glück erklimmbar ist, versuche ich es erneut hoch und habe Glück. Und kaum bin ich an der Straße, habe ich Empfang, volle drei Balken Empfang. *Halleluja!* Ich könnte heulen vor Erleichterung!

Ich wähle den Notruf, beschreibe, auf welcher Straße ich gefahren bin, dass ich und noch eine Frau in den Unfall verwickelt sind. Dass die Autos beide im Graben liegen, dass die Frau verletzt und eingeklemmt ist und dass ich am Straßenrand warte und okay bin, hoffe ich zumindest. Und dass mir kalt ist. Echt kalt. *So kalt, dass nicht mal Reece mich wärmen wollen würde*, schießt mir durch den Kopf, weil ich mir erst jetzt erlaube, an ihn zu denken. An ihn und daran, dass er sich sicher Sorgen macht und bestimmt am Durchdrehen ist.

Bleib stark!, ermahne ich mich, nehme mich zusammen und laufe auf der Straße zurück, bis ich dort bin, wo man den Lichtschimmer der Scheinwerfer unserer verunfallten Wagen sieht. Ich rufe nach Lucy. Aber entweder, sie kann mich nicht hören, oder es geht ihr deutlich schlechter, denn sie antwortet nicht.

Dabei hat sie meinen Mantel!

Und dir ist kalt, kalt, kalt, Audrey! So verdammt kalt!

Ich werfe einen Blick auf die Uhr. Bei dem Wetter kann es locker noch eine halbe Stunde dauern, bis jemand kommt. Dabei sehe ich, dass ich zig Anrufe und eine Nachricht von Reece habe. Die muss ich verzögert empfangen haben.

Reece ...

Wärme durchflutet mich, und ich will ihn zurückrufen, ihm sagen, dass es mir gut geht und ich gleich zu Hause bin. Doch wieder habe ich keinen Empfang. »Scheiße!«

REECE

Ich bin mir sicher, dass Audrey nicht in der Stadt liegen geblieben ist. Dort hätte man ihr geholfen. Aber je näher ich dem Klub komme, ohne eine Spur von ihr zu finden, umso mehr Zweifel kommen mir. Sie könnte im Grunde überall sein! Zum Beispiel in der Karibik.

»Gut, du fährst jetzt nur noch zum Klub, übernachtest dort und suchst morgen weiter«, sage ich mir, als ich fast da bin. Alles andere ist Wahnsinn. Es schneit nach wie vor wie verrückt, und ich bin müde vom Fahren.

Bis mich Feuerwehr, Polizei und ein Krankenwagen mit Blaulicht überholen.

Es ist nichts, rede ich mir ein. *Es ist bestimmt nichts. Die wollen woanders hin. So ein Aufgebot ergibt keinen Sinn, wenn Audrey betroffen wäre. Das ist nur bei großen Unfällen so. Und falls etwas in der Gegend passiert wäre, hätte ich es in den Radionachrichten gehört.*

Ein zweiter Krankenwagen folgt.

»Scheiß drauf!« Ich gebe Gas, folge der Kolonne und bete, dass die Rettungskräfte nicht wegen Audrey unterwegs sind. Gleichzeitig hoffe ich es, denn dann wüsste ich endlich, wo sie steckt.

Etwa eine Meile weiter, auf einem kurvigen Straßenabschnitt, halten alle. Ein Rettungshubschrauber ist ebenfalls im Einsatz und gerade mitten in einer Bergung. Ein Polizist regelt den Verkehr und will mich weiterschicken. Aber ich lasse mich nicht abwimmeln. Ich brauche Gewissheit.

»Sir, lassen Sie mich durch!«, sage ich nur.

»Hier gab es einen Unfall, fahren Sie weiter und behindern Sie uns nicht bei unserem Job.«

Genau das tust du auch, Randall, deinen Job erledigen. Und das bedeutet, für Audrey da zu sein.

»Ist dort eine Frau, die …« Ich kann die Worte nicht aussprechen, doch ich recke mich hinter dem Steuer und entdecke braune Haare, ein zierliches Gesicht oberhalb einer Halskrause und Füße in vertrauten dicken Fellboots, die auf der Rampe eines Rettungswagens stehen, und der Officer ist mir so was von egal. Soll er mich verhaften. Für Audrey trage ich auch gerne mal Handschellen – und ertrage die Witze, die Ian darüber machen würde.

»Audrey!«, rufe ich durch das Schneetreiben, noch während ich aussteige. »Audrey!«

Eigentlich kann sie mich nicht gehört haben. Ich bin viel zu weit von ihr entfernt, und das Rotorengeräusch des Hubschraubers sorgt für einen Heidenlärm. Aber so als würde sie spüren, dass ich da bin, schaut sie plötzlich auf, schiebt die Hand vom Sanitäter beiseite, springt auf und kommt humpelnd auf mich zu.

Moment mal: Warum humpelt sie? Überhaupt: Wo ist ihr Mantel? Und wie zum Henker sieht ihr Gesicht aus?!

»Reece!«, ruft sie.

»Audrey!«

»Reece!«

Gehaltvollster Dialog der Welt. Nicht. Dennoch perfekt.

Ich breite die Arme aus, und sie fliegt so heftig gegen mich, dass ich einen Schritt zurück machen muss. Und verdammte Scheiße, ich weine. Was nur heißen kann, dass diese merkwürdigen Stimmungsschwankungen, die Audrey hat, auch mich erwischt haben. Oder dass ich sie liebe. Wie verrückt liebe.

»Geht es dir gut?«, frage ich sie, halte sie, rücke jedoch etwas ab, um sie in Augenschein zu nehmen. Sie und ihre Halskrause, die den Kopf stabil hält. »Verdammt, Kleines, bist du okay?«

»Nur Kratzer«, wiegelt sie ab, streicht mir mit kalten Fingern meine Wangen trocken und schmiegt sich wieder an mich, während ich ihren Rücken reibe, wie um sicherzugehen, dass sie wirklich hier ist.

Über ihren Kopf hinweg sehe ich zu den Sanitätern, die eine Wärmedecke aufheben, die sie gerade bei ihrem Sprint verloren hat.

»Von wegen Kratzer«, murmele ich und bugsiere sie zurück zum Krankenwagen. Sie hätte gleich dort bleiben sollen. »Wie ernst ist es?«, frage ich die Leute, nehme die Decke und wickele Audrey wieder fest darin ein.

»Sie klagt über Nackenschmerzen und muss auf jeden Fall in einem Krankenhaus durchgecheckt werden. Die Verletzung im Gesicht muss außerdem genäht werden.«

»Das ist echt nichts.« Sie grinst schief, und obwohl sie furchtbar aussieht, muss ich lachen. *Ja, sie hat schon Schlimmeres mitgemacht*, erinnere ich mich. Aber das heißt nicht, dass das hier eine Kleinigkeit ist.

»Begleiten Sie uns?«, fragt mich einer der Sanitäter.

Ich nicke. »Auf jeden Fall.«

»Und dein Wagen?«, sagt Audrey.

»Hab ich drei Minuten?«, frage ich die Leute vom Rettungsteam, während im Hintergrund der Hubschrauber abhebt, mit noch einem Verletzten, wenn ich raten müsste.

Sie nicken.

Perfekt.

Ich rede mit den Polizisten, und sie bieten mir an, meinen Wagen abschleppen zu lassen. Was ich annehme. Dann bin ich wieder bei Audrey, die mittlerweile transportbereit auf der Trage liegt. Ich klettere zu ihr in den Wagen, und sobald wir losfahren, informiere ich Ian, dass ich Audrey gefunden habe.

»Okay, ich hasse den Winter auch«, sage ich und reibe mit dem Daumen über ihren Handrücken.

Audrey muss kichern. »Siehst du. Da mach ich mir ständig Sorgen, dass dir was passiert, und dann passiert mir was.«

»Das ist nicht lustig!«

»Doch!« Sie lacht heftiger. *Wieder einer ihrer emotionalen Anfälle.*

»Kannst du bitte damit aufhören?«

Nun lacht sie schallend. *Offensichtlich nicht.*

»Verdammt, Audrey! Gelb!«, knurre ich warnend.

»Du benutzt das Safeword?« Das findet sie noch viel lustiger. Hätte ich mir denken können. »Ausgerechnet du?!«

»Rot!«, schiebe ich ernst hinterher, woraufhin die Stimmung kippt. Ihr Lachen verschwindet, und auf ihrer Stirn prangt plötzlich ihre Zornesfalte, spitz und scharf wie die Rocky Mountains.

»Und was, wenn ich mich nicht beherrschen kann, weil ich einfach weiterlachen muss? Tust du mir dann weh?«, fragt sie unerwartet laut. *Als würde ich ihr deshalb den Hintern versohlen!*

»Sie sollten sie nicht aufregen«, mischt sich einer der Sanitäter ein.

Dann sollte sie mich nicht so aufregen!, denke ich finster. »Finden Sie solche Unfälle etwa lustig?«, gebe ich zurück.

»Ähm, nein«, meint er.

Hätte mich auch gewundert. »Dann kann sie ja wohl aufhören, darüber zu lachen. Das ist doch nicht zu viel verlangt!«, poltere ich weiter, bis mir klar wird, dass ich es bin, der zur Abwechslung mal durchdreht. Denn wie kann ich sie für einen Lachanfall tadeln? »Sorry, Kleines, aber ich darf auch mal austicken. Das nennt man Gleichberechtigung.«

»Gleichberechtigung?«, wiederholt sie skeptisch, muss aber beinahe wieder lachen.

»Ja, Gleichberechtigung!«

»Scheiß auf die Gleichberechtigung«, sagt sie. »Einer von uns sollte schon immer bei Verstand bleiben. Und da ich gerade eine längere Austickphase durchmache, darfst du nicht.«

»Scheiß drauf?«, wiederhole ich ihre Worte amüsiert und küsse ihre Fingerknöchel. »Das sind ja völlig neue Töne!«

»Ganz genau«, bekräftigt sie. »Gleichberechtigung funktioniert einfach nicht. Natürlich sagt man zum Beispiel, dass zwei Leute ein Kind kriegen. Doch letztlich ist es mein Job, das Baby auf die Welt zu bringen.«

»Moment mal! Baby? Wie kommst du denn auf den Vergleich?« Wir waren eben nicht bei Kindern, sondern beim Durchdrehen, und ich finde gemeinsam durchzudrehen absolut in Ordnung.

»Na, stimmt es denn nicht?«, forscht sie nach.

»Schon«, gebe ich zu, wobei ich nie gedacht hätte, dass wir in einem Krankenwagen über Kinder reden. »Bei Babys habt ihr Frauen das Sagen.« Ich küsse erneut ihre Fingerknöchel. »So lange, bis sie auf der Welt sind. Dann mischen wir Väter uns ein.« *Logisch.*

»Das ist gut, dass du das so siehst«, sagt sie plötzlich besänftigt und schließt die Augen. Und ich sehe ihr an, wie zufrieden sie ist, aber auch wie müde.

»Natürlich tue ich das«, sage ich und streiche ihr eine vom Schnee feuchte Haarsträhne aus dem Gesicht. *Das sollte sie eigentlich wissen!*

»Reece?«, meldet sie sich und schläft gar nicht, wie ich angenommen habe.

»Ja, Audrey?«

»Ich … also wir … Mist, der Sekt ist noch im Wagen!«

»Sekt?« Ich runzele die Stirn. *Wovon redet sie? Auf das Freeze & Please werden wir erst bei der Eröffnung anstoßen.*

»Ja, Sekt, alkoholfrei«, präzisiert sie ernst.

»Alkoholfrei?« Wenn das ein Hinweis sein soll, dann raffe ich ihn nicht.

»Ach, egal, es geht auch so«, meint sie und sieht mir tief in die Augen. So tief, dass ich plötzlich nervös werde. *Gut nervös.* »Ich wollte es dir ganz anders sagen«, redet sie weiter. »Nicht in einem Krankenwagen. Nicht in diesem Outfit. Nicht mit Wunden im Gesicht, als hätte ich die Zombieapokalypse überlebt.«

»Kleines …?«, sage ich ungeduldig und fahre ihr schmunzelnd durch die Haare. »Du siehst wunderschön aus.« *Das tut sie immer, obwohl sie das selbst nicht so sieht. Sogar als Zombie.*

»Du hast doch bemerkt, dass ich mich in letzter Zeit ein wenig seltsam benommen habe?«

Ich nicke. *Ließ sich schwer ignorieren.*

»Das hat einen Grund.«

»Ach so.« *Als wäre mir das nicht klar.*

Nun greift sie nach meiner Hand und drückt meine Finger, hält Händchen mit mir. *Sie mit mir!* Es muss was Ernstes sein, das ihr auf dem Herzen liegt. »Also, die nächsten Monate hab ich die Hosen an. Neun, um genau zu sein«, sagt sie.

»Kleines, ich kapier es nicht.« *Premiere, Randall. Wie so vieles in letzter Zeit.* »Was willst du mir sagen?«

»Ich bin schwanger.«

Mein Herz setzt einen Schlag aus.

»Hast du mich nicht gehört, Reece? Ich bin schwanger.« Sie räuspert sich. »Wir bekommen ein Baby, und ich weiß, wir haben darüber nicht gesprochen, und es war nicht geplant, und es ist alles seltsam. Der Besitzer des Tease & Please wird Papa und so, aber –«

Und wie ich sie gehört habe! »Ich denke, du nimmst die Pille?!«, rufe ich, weil ich mich immer noch nicht ganz von dem Schock erholt habe.

Sie sieht mich groß an. »Tu ich.«

»Wie konnte das dann passieren?«

»Du weißt, dass die Pille nicht hundertprozentig sicher ist, oder? Ich bin wohl die eine von tausend Frauen, die es erwischt hat«, versucht sie es mit Humor.

Irgendwie bringt mich das auch zum Lächeln. Denn Audrey ist definitiv die eine von tausend Frauen – für mich. Die Eine von Millionen. Die Eine von allen Frauen auf der Welt.

Ich frage mich, wie wir das hinbekommen sollen. Wie wir unseren Lebensstil und eine Familie vereinbaren können. Wie man seinen Kindern erklärt, dass Mami und Papi eigene Spielchen spielen. Und wie man ihnen klarmacht, welchen Job wir haben? Geschäftsmann und Sicherheitsexpertin?

Aber je länger die Nachricht Zeit hat, um zu sacken, desto mehr freue ich mich, und das Gefühl verdrängt all die Fragen.

»Entschuldige«, murmele ich, und wie um meine Worte zu unterstreichen, beuge ich mich vor und küsse sie zärtlich.

Erst ist sie überrascht, vertieft dann jedoch den Kuss und hält mich fest. »Heißt das, du freust dich doch?«, fragt sie leise.

»Ja, tue ich. Natürlich.« *Dass ich das mal sage!* Aber nicht nur ich habe Audrey in Neuland geführt. Sie macht das auch bei mir. Ständig. Und es fühlt sich gut an.

»Wirklich?« Wieder ihr unsicherer Blick.

»Wirklich«, sage ich so fest und bestimmt, wie ich nur kann, woraufhin sich ihre Gesichtszüge entspannen.

»Perfekt.« Sie zieht mich näher, sodass sie mich küssen kann, und ich genieße, ihr für den Moment die Führung zu überlassen. »Jetzt ist übrigens deine Gelegenheit durchzudrehen«, sagt sie. »Denn ich bin durch die Schmerzmittel ruhiggestellt. Aber danach werde ich wieder seltsam sein.«

»So wie die letzten Tage?«

»Ganz genau. Und dann brauche ich dich. Als jemand, der mir das nicht übel nimmt. Denn ich fürchte, ich werde die durchgeknallteste Schwangere der Welt. Deal?«

Ich lege eine Hand auf ihren Bauch. Glaubt sie, ich lasse sie sitzen? Im Gegenteil, jetzt lasse ich sie erst recht nicht mehr los. Ich fürchte, ich werde nämlich auch der durchgeknallteste werdende Vater der Welt. Aber das behalte ich für mich. Kein Grund, sie aufzuregen.

»Sag Bitte!«, kann ich mir nicht verkneifen.

»Bitte, Sir, nimm es mir nicht übel, wenn ich durchdrehe«, antwortet sie brav und bekommt dabei herrlich rote Wangen.

»Deal.«

10. Kapitel

AUDREY

Reece weicht mir während sämtlicher Untersuchungen nicht von der Seite. Zum Glück habe ich keine ernsthaften Schäden, die MRT-Untersuchung ergibt nichts, und ich darf die Halskrause abnehmen. Meine Wunde an der Stirn wird genäht. Und auch als die Ärzte sagen, dass ich eine Nacht zur Beobachtung dableiben muss, geht er nicht. Wofür ich dankbar bin, denn ich mag keine Krankenhäuser.

»Brauchst du noch was?«, fragt mich Reece, nachdem eine Schwester die letzte Runde vor der Nachtruhe gedreht hat, schaltet das große Zimmerlicht aus und zieht die Rollos zu.

»Nur dich«, sage ich.

»Süßholzrasplerin.«

Erwischt! »Na gut, dann nur deine warmen Arme.«

»Schon ehrlicher!«, gibt er lachend zurück und setzt sich auf die Kante meines Bettes. »Dann rück mal ein Stück.«

Will er hier mit mir schlafen? »Das Bett ist viel zu klein für uns beide«, wende ich ein.

»Angst rauszufallen?«

»Etwas.« *Er etwa nicht?*

»Keine Sorge, ich halt dich.« Er streift mit seinen Lippen meine. »Euch.«

Obwohl ich völlig fertig bin, durchflutet mich ein erneuter Schwall willkommener Wärme, und ich glaube ihm. Reece würde nie was tun, was mir schadet.

Ich protestiere nicht länger und mache Platz. Reece legt sich auf die Seite und zieht mich halb auf sich. Und ich schmiege mich an ihn, atme seinen vertrauten Duft ein und genieße seine Nähe. Wir sagen nichts, spüren nur den anderen, was so schön ist, dass ich ab und zu Tränen wegblinzeln muss. Woraufhin Reece meinen Scheitel küsst und mich kurz drückt und mich noch mehr Wärme durchflutet. Ich fühle mich so geborgen und beschützt, dass mein Körper seine gesamte Abwehr runterfährt und ich mit Reeces Geruch in der Nase und umhüllt von seiner Wärme einfach einschlafe … ab und zu in der Nacht aufschrecke … spüre, dass Reece mich im Halbschlaf drückt und ich wieder einschlafe.

Wir sind zusammen, mehr brauche ich nicht.

***

»Guten Morgen, Kleines!« Reece fährt mir zärtlich durch die Haare und hält mich nach wie vor.

Ich glaube, kein Mensch ist jemals so perfekt in einem Krankenhaus geweckt worden, weil normalerweise … »Warum war noch niemand da und hat nach mir geschaut?«

»Ich hab sie weggeschickt.«

Er hat was?! »Ich könnte schwere innere Blutungen haben! Du kannst die Leute doch nicht einfach wegschicken!«

Er lächelt, unbeeindruckt von meinem kleinen Ausbruch. »Ich hab sie davor natürlich leise deine Werte kontrollieren lassen. Was denkst du denn von mir? Dass ich dich in Gefahr bringe? Du hast keine inneren Verletzungen, Audrey! Beruhige dich. Dir geht es gut.« Er lächelt breiter und drückt mir einen Kuss auf die Wange, der leicht von seinen Bartstoppeln kratzt. *Sexy kratzt.* »Euch beiden geht es gut.«

Er meint dich und das Baby!

Neue Wärme durchflutet mich, und erleichtert schmiege ich mich wieder an ihn. Wenn das so weitergeht, wird das der wärmste Winter, den ich je erlebt habe.

»Meinst du, ich darf heute nach Hause?«, frage ich. Nicht dass ich das nicht schon wäre, denn ich bin bei ihm. Aber unsere Wohnung wäre mir lieber.

»Ziemlich sicher.« Er streicht über meinen Arm.

»Und hast du was von Lucy gehört?«

»Lucy?«, wiederholt er irritiert.

Ist das ein gutes oder ein schlechtes Zeichen, dass er nicht weiß, wen ich meine? »Die Frau, die den Unfall hatte«, erkläre ich.

»Ja«, sagt er und küsst erneut meine Schläfe. »Lucy wurde operiert. Sie liegt noch auf der Intensivstation, ist aber aus dem Gröbsten raus. Ihr Freund ist jetzt bei ihr. Sie hatte Glück, dass du Hilfe geholt hast.«

Seine Worte sorgen sofort dafür, dass sich in mir wieder alles zusammenzieht. Weil es mir so nahegeht. *Wenn ich mir vorstelle, dass diese Frau hätte tot sein können. Oder so verletzt, dass sie im Schnee erfroren, verblutet oder beides wäre! Das war so verflucht knapp.*

»Hey, es ist vorbei«, sagt Reece sanft. So als würde er verstehen, wie schrecklich die Zeit nach dem Unfall war.

»Sag es noch mal«, wispere ich und schmiege mich an ihn.

»Es ist vorbei.« Er wiegt mich. »Es ist vorbei, und allen geht es gut.« Er küsst mich am Hals. »Dir geht es gut. Und Mini-Audrey geht es auch gut.« Er fährt zärtlich über meinen natürlich noch flachen Bauch, was ich aber trotzdem sehr süß finde.

»In Gedanken habe ich eher einen Mini-Reece beschützt«, sage ich.

Er grinst. »Auch gut.«

»Ja?« Keine Ahnung, warum mir das plötzlich wichtig ist.

»Ja«, meint er nur, und gerade weil er nichts weiter sagt außer Ja, beruhigt es mich. Zumindest ein wenig. Denn wehe, er malt sich nun im Stillen aus, wie er mit Mini-Reece Cowboy und Indianer spielt – und ihm dabei zeigt, wie man eine Peitsche richtig benutzt. *Wobei … Warum eigentlich nicht? Welcher Dad könnte das besser als Reece? Er wäre der coolste Junge auf dem Planeten. Mit dem coolsten Vater.*

»Reece?«, sage ich und recke mich, sodass wir uns in die Augen sehen können.

»Ja, Audrey?«

»Da mir nichts weiter fehlt, könntest du dafür sorgen, dass ich nun entlassen werde?«

»Nichts lieber als das.«

***

»Du lebst!«, kreischt Nikki, sobald ich zwei Stunden später das Penthouse betrete, und fällt mir um den Hals.

»Nicht mehr lange, wenn du mich noch fester drückst«, sage ich.

»Dumme Nuss!«, schnieft sie.

»Dumme, gesunde Nuss«, korrigiere ich sie, was sie zum Lachen bringt. Denn bis auf die kleine Naht an der Stirn sieht man mir nicht an, dass ich einen Unfall hatte.

»Du!«, sagt sie nur, aber löst sich und schmiegt sich an Kosto. *Sehr gut!*

»Das nächste Mal fährst du bei mir mit!«, sagt Ian, der sich von Catherine löst und mir nun ebenfalls um den Hals fällt, mich dabei allerdings nicht ganz so fest drückt wie Nikki.

»Weil du Schiss vor Reece hast?«, ziehe ich ihn auf und löse mich.

»Er hat eine Villa voller Folterwerkzeuge, mit denen er mir böse Dinge antun kann, wenn ich seine Freundin noch mal vernachlässige.«

»Also hast du Schiss«, stelle ich fest.

»Ziemlich.«

Spinner! Ich muss lachen, dabei freue ich mich, dass alle hier sind, um sich zu vergewissern, dass es mir gut geht. »Okay, das nächste Mal fahre ich bei dir mit, damit wir beide einen Unfall haben und uns schwer verletzt durch den Schnee kämpfen müssen. Wie klingt das?«

»Wie der Anfang eines Abenteuers«, sagt Ian, und wir geben uns ein High five. »Deal.«

Der Oberspinner! Ich lache noch lauter, und die anderen grinsen auch. Nur einer nicht.

»Darüber macht man keine Witze«, sagt Reece humorlos.

»Aber ich darf doch jetzt«, erinnere ich ihn, lege ihm die Hände in den Nacken und bezirze ihn mit meinem süßesten Lächeln.

»Kleines …«, knurrt er, droht mir jedoch keine Strafe an, sondern seufzt schließlich und küsst mich. *Yay!*

»Darf sie?«, fragt Ian neugierig. »Warum?«

Reece und ich tauschen einen vielsagenden Blick, und er nickt, überlässt mir den nächsten Schritt. *Wie perfekt ist das denn?!*

Ich drehe mich in seinen Armen um, sodass ich zu den anderen spreche: »Ja, für die nächsten Monate darf ich dem

Ober-Dom hier auf der Nase herumtanzen.« Was ich ausnutzen werde, ganz sicher.

»Tust du das nicht längst?«, meint Nikki lachend.

»Ohne Konsequenzen fürchten zu müssen«, schiebe ich hinterher, denn es stimmt, ich mache ziemlich oft, was ich will.

»Wie hast du das angestellt?«, fragt sie eine Spur neidisch.

Reece umarmt mich enger und streichelt meinen Bauch.

»Die Frage ist eher, was *er* angestellt hat«, sage ich und genieße es, alle auf die Folter zu spannen, weil ich vielleicht doch nicht nur eine devote Sub bin, sondern so wie viele andere Menschen auch eine winzig kleine sadistische Ader habe.

»Muss ja was echt Schlimmes sein«, meint Nikki, die es nicht kapiert, während Catherine bereits wissend lächelt und sich enger an Ian schmiegt. Aber sie hält den Mund, um mir nicht die Show zu stehlen.

»Ja, was mächtig Schlimmes«, sage ich. »Und das geht so …« Ich hole tief Luft. »Also, ihr wisst ja, dass Reece ein Mann ist, und ich bin eine Frau. Und wenn sich ein Mann und eine Frau lieben und dabei der Penis in die Vagina –«

»Du bist ja widerlich«, keift Nikki und hält sich mit einem »Lalala« die Ohren zu, während ich lache.

Das macht einfach zu viel Spaß.

»Raus mit der Sprache! Was ist los?«, hakt sie weit weniger erfreut nach.

»Das versuche ich ja, dir zu erklären«, sage ich todernst, während ich spüre, wie Reece seine grinsenden Lippen hinter meinen Haaren verbirgt. »Also, wo war ich stehen geblieben? Ach ja: Ein Penis dringt in eine Vagina ein. Wenn der Mann kommt, dann gibt er Sperma ab. Viel Sperma. Also … Wie viel Spermien hat so eine Ladung?«, frage ich in die Runde. Nicht dass das wichtig wäre. Aber Nikki sieht so aus, als würde sie gleich explodieren. Ich kann nicht anders.

»Vierzig bis sechshundert Millionen, je nach Menge«, sagt Kosto grinsend, weil er nun auch ahnt, worauf ich hinauswill.

»Woher weißt du das so genau?«, zischt Nikki, immer noch im Tal der Ahnungslosen.

»Als Mann muss ich doch wissen, wie viele potenzielle Babys ich zeugen kann«, sagt er und küsst sie. »Wie wir gerade sehen konnten, habt ihr Frauen davon schließlich keinen blassen Schimmer.«

»Mmpf«, macht Nikki nur und sieht mich an. Ungeduldig mit dem Fuß auf den Boden tretend.

»Na ja, und wenn dann das perfekte Spermium zur perfekten Zeit auf eine perfekte Eizelle trifft, dann gibt es – peng! – ein kleines Wunder. Das hat Reece angestellt, der Schuft!«

Pling! Endlich fällt auch bei meiner Schwester als Letzter im Raum der Groschen. »Oh mein Gott, du bist schwangerrr!«, kreischt sie. »Du kriegst ein Babyyy! Audreyyy!«

Nikki fällt mir um den Hals, obwohl Reece noch an mir klebt. Doch der weicht schnell zurück und überlässt mich ganz ihren Fängen. *Mutig!*

»Bist du dir sicher? Seit wann? Warum erfahre ich erst jetzt davon? Das ist so cool!«, plappert sie wild drauflos. Und sie hat recht. Das ist megacool.

Ich erkläre noch mal alles. Dass ich mich so seltsam gefühlt habe. Dass Catherine den richtigen Verdacht hatte – wofür sie von Ian einen sexy anerkennenden Blick kriegt und garantiert später eine Belohnung. Dann dass ich mit Collins geredet habe und er den Test hatte. Und dass ich extra Sekt besorgt habe, der allerdings in meinem Autowrack auf dem Schrottplatz vergammelt. Und dass die Ärzte im Krankenhaus das Ergebnis noch mal bestätigt haben. Ich bin schwanger. Ohne jeden Zweifel.

Glückwünsche prasseln auf mich nieder, und irgendwann meint Ian: »Okay, dann brauchen wir für das Freeze & Please-Projekt aber jemand Neues.«

»Warum?«, frage ich. *Ich bin schwanger, nicht krank.*

»Weil dich dein Ober-Dom Schrägstrich Freund nicht arbeiten lassen wird.«

Wehe! Ich drehe mich zu Reece um. »Wirst du nicht?«

»Werde ich nicht.«

Echt jetzt? Ich grinse und zücke meinen Joker. »Ich habe doch Narrenfreiheit, Sir.«

REECE

Das hat sie geschickt eingefädelt, Randall.

»Ja, du hast Narrenfreiheit«, gebe ich ihr recht. »Aber nur in Bezug auf die Schwangerschaft. Nicht bei allem.« Sonst werden das sehr lange furchtbare neun Monate für mich als Mann und Dom. *Ob sie das schluckt?*

»Narrenfreiheit heißt Narrenfreiheit«, gibt sie zurück. *Tut sie nicht.*

»Na warte!«, sage ich und kitzele sie. *Kleine Strafen müssen sein.*

»Narrenfreiheit!«, japst sie, statt Nein zu rufen. »Ich darf dich ärgern. Das hast du mir versprochen. Nicht umgekehrt.«

»Ich fürchte, da hat sie recht, Bruderherz«, meint Ian.

»Steh gefälligst auf meiner Seite«, brumme ich, aber höre auf, Audrey zu kitzeln.

»Ich werde Onkel. Keine Chance.«

»Echt jetzt?« Also will er mir die nächsten neun Monate ebenfalls auf der Nase herumtanzen?

»Echt jetzt«, sagt er und tätschelt ihren Bauch. »Ich schlage mich auf die Seite der Verrückten hier. Und wenn sie sich den Job nach wie vor zutraut, tue ich das auch.«

Und du tust das auch, Randall. Weil diese Frau einfach großartig ist.

»Aber du überanstrengst dich nicht«, stelle ich klar. Schließlich bin ich nicht nur ihr Freund, sondern auch ihr Boss. »Normale Arbeitszeiten, wenig bis keine Überstunden, und sobald was ist, schonst du dich, verstanden?«

»Narrenfreiheit«, trällert Audrey wieder, löst sich jedoch von Ian und umarmt mich, bevor ich mich erneut aufregen kann. »Natürlich«, sagt sie versöhnlich und küsst mich. »Verstanden.«

Also hat sie dich mit Absicht aufgezogen, Randall? Meine Mundwinkel zucken. »Nur noch als Warnung: Wenn du deinen Joker alle fünf Minuten ziehst, dann darfst du dich jetzt schon auf neun Folgemonate freuen, die vor allem mir Spaß bereiten werden.« *Viel Spaß.*

»Merk ich mir, Sir«, sagt sie. Allerdings keine Spur eingeschüchtert, sondern so als würde sie meine Drohung als Versprechen auffassen. Eines, das sie sofort austesten will.

Ich bin auf der Hut. »Was hast du vor, Kleines?«

»Ich frage mich, ob es schon eine Übertreibung ist, wenn ich meine Bluse aufknöpfe und langsam zu Boden gleiten lasse …« Sie spielt am obersten Knopf ihres Oberteils herum, und ich werde hart. Bleibe nicht cool, während sie mich reizt, sondern benehme mich genauso verrückt wie sie.

»Ja, das wäre definitiv eine Übertreibung«, knurre ich und sehe sie warnend an. Wirklich warnend. Weil meine Beherrschung an einem seidenen Faden hängt und ich nicht weiß, ob ich gleich noch der besonnene Freund und werdende Vater sein kann.

»Upps«, sagt Audrey nur, öffnet lächelnd weitere Knöpfe und lässt die Bluse schließlich über ihre Schultern zu Boden gleiten, sodass sie mir ihren Busen und unseren Gäste ihre nackte Rückseite zeigt.

Oh Kleines!

Sie will spielen? Spielen wir!

»Würde es euch was ausmachen, uns jetzt allein zu lassen?«, frage ich die anderen, ohne den Blick von Audrey abzuwenden.

»Du tust dem Baby nicht weh, oder?«, fragt Nikki.

Ernsthaft? Für wen hält sie mich?

Ich grinse und lasse meine Fingerspitzen über Audreys Wirbelsäule gleiten. »Nicht dem kleinen, höchstwahrscheinlich aber dem großen hier.« Zumindest ein bisschen, denn ich werde nicht riskieren, dass echte Stresshormone die Schwangerschaft gefährden. Wenn das Baby überhaupt was mitkriegen soll, dann wie sehr wir uns lieben.

»Klingt gut«, sagt Kosto. »Wir gehen.«

»Und du gehorchst und hilfst mir nicht?«, fragt Audrey Nikki. *Als bräuchte dieses Biest Hilfe!*

Kosto schiebt seine Freundin bereits Richtung Tür. »Sorry!«, ruft sie. »Ich habe keine Narrenfreiheit.«

Cleverer Typ, er hat was gut bei mir.

»Und was ist mit dir?« Nun sieht Audrey um Unterstützung heischend zu Ian.

»Wir sind auch weg.«

»Ich denke, du stehst auf der Seite von mir und Mini-Reece!«, ruft sie

»Tue ich. Aber ich bin mir sicher, meine Nichte beziehungsweise mein Neffe ist nicht in Gefahr.« Wie entwaffnet hebt er die Hände, als könnte er nichts für sie tun. »Außerdem bin ich kein Voyeur und hab nicht vor, bei eurer Show zuzusehen. Mir reicht schon, den großen starken Kerl an deiner Seite als Teenie beim Wichsen erwischt zu haben.« *Ja, das war ein unangenehmer Moment. Vor allem, weil ich vierzehn war und keine Ahnung hatte, wie ich das meinem kleinen Bruder erklären sollte.*

»Aber … aber … aber …« Audrey sucht nach Argumenten, aber ihr fallen keine mehr ein. »Und jetzt, Sir?«, haucht sie, eine Spur ängstlich und eine Spur erregt, sobald wir unter uns sind.

Ich beuge mich zu ihr herunter und knabbere an ihrem Ohrläppchen. »Jetzt wirst du bestraft. Was dachtest du denn?«

»Reece!«, ruft sie protestierend.

»Keine Chance, Kleines.« Ich will sie. Viel zu sehr. »Also spiel besser mit. Tust du das?«

Sie atmet schwer, geht in sich, überlegt und nickt schließlich. *So durchschaubar!* »Ja, Sir.«

»Wunderbar. Dann ab ins Schlafzimmer mit dir! Leg dich nackt mit dem Rücken aufs Bett – die Arme über dem Kopf, die Beine leicht gespreizt – und warte auf mich.«

»Lange?«, fragt sie.

Unter anderen Umständen? Ja. Aber nicht heute. »Nicht lange«, sage ich.

Nach einem sexy Blick und einem Kuss macht sie, was ich befohlen habe. Ich betrete kurz nach ihr mit dem Massageöl das Schlafzimmer und nehme ihren Anblick in mich auf, wie sie daliegt, nackt und bereit.

»Ist dir warm genug?«, frage ich sie.

»Ja«, antwortet sie und räuspert sich. »Ja, Sir.« *Rechtzeitig gerettet!*

»Was dagegen, wenn dir wärmer wird?«

Sie schüttelt den Kopf auf dem Kissen. »Nein, Sir.«

Zufrieden lächelnd knöpfe ich mir mein Hemd auf und ziehe es aus. Ebenso das Unterhemd. Bis ich nur in der Hose vor ihr stehe, in deren Schritt sich abzeichnet, wie erregt ich bin.

»Das wird eine Strafe«, sage ich ruhig, als mich ihr hungriger Blick trifft. Wenn auch nur eine symbolische. *Logisch.* »Sag mir, wenn dir was zu viel wird, okay?« Das gilt immer, aber heute besonders.

»Okay«, wispert sie.

Ich löse den Verschluss des Massageöls, gebe ein paar Tropfen in meine Handflächen, verreibe sie und fahre damit über ihr Bein.

Audrey stöhnt leise. *Wie zu erwarten.*

»Kein Ton! Verstanden?«, sage ich ruhig.

Sie nickt und schließt die Augen. Und ich muss lächeln, als ich über ihre warme Haut gleite und dabei höre, wie sie schnaufend durch die Nase atmet, weil ihre Lippen ganz fest zusammengepresst sind, um meinem Befehl Folge zu leisten.

So brav, Kleines.

Mal sehen, für wie lange …

Seelenruhig massiere ich das Öl in ihre Schenkel, führe meine Hände höher und höher und fahre ihr prüfend zwischen die Beine.

Gemein!, sagt mir ihr Blick.

»Abwarten!« Ich habe vor, noch einen Tick gemeiner zu werden. Indem ich die Stelle, an der sie am bedürftigsten ist, ignoriere – und mich anderen widme. Ich küsse ihren Bauch und kann nicht glauben, dass dort unser Baby heranwächst. Dann gleite ich mit den Händen zu ihren Brüsten, massiere sie und frage mich, ob es ihr auch wehtun wird, wenn in neun Monaten Mini-Audrey an ihren Nippeln nuckelt. *So empfindlich, wie sie dort ist!*

Zeit, die Strafe etwas zu intensivieren.

Ich beuge mich über Audrey, ziehe mit meiner Zunge einen nassen Kreis um ihre Knospe und spüre unter meinen Lippen, wie ihr Herz schneller und schneller schlägt. Vorsichtig umschließe ich den Nippel mit den Lippen und sauge daran, härter und härter.

»Oh Gott!«, stöhnt sie. Laut. *Sehr laut.*

»Was hab ich gesagt, Audrey?«, murmele ich an ihrer Brust, zufrieden mit meiner Strafe, und lecke mich zum nächsten Nippel.

»Reece«, seufzt sie, als ich die Prozedur wiederhole.

So, so ungehorsam … Und so perfekt leidend.

Oder auch nicht.

Denn als ich zu ihr hochschaue, sehe ich zwar eine Frau, die leidet – allerdings aus purer Lust.

Ihr Gesicht ist gerötet, und sie hat ihre Hände in das Kissen unter sich gekrallt. »Das war gut?«, frage ich verwundert. *Das wäre neu. Verdammt neu.*

»Mach das noch mal!«, bittet sie. Wie eine Süchtige, die neuen Stoff entdeckt hat.

»Du weißt, dass eine Strafe nicht so abläuft.«

»Egal. Bitte!«

Egal, bitte? Ich zögere.

»Reece.«

Verdammt! Ich kann ihr den Wunsch nicht abschlagen. Träge umkreise ich erneut ihren Nippel, sehe nun dabei hoch zu ihrem Gesicht und nehme jede ihrer Regungen in mir auf. Regungen, die mir vertraut sind. Und Regungen, die neu sind. Und alle haben eines gemeinsam: Sie sagen mir, wie sehr Audrey das hier gefällt.

»Neuer Test«, sage ich und fahre vorsichtig mit meinen Zähnen über ihren Nippel. Daraufhin wölbt sie sich mir entgegen. Weil sie kurz vor dem Orgasmus steht. *Unglaublich!* »Du weißt, dass mir das jetzt völlig neue Wege eröffnet, Kleines?«

»Solange du weitermachst!«

Definitiv! Das sollte sie wissen. Neue erogene Zonen werden immer gründlich von mir untersucht.

Ich verteile mehr Öl, dieses Mal direkt auf ihren Brüsten, spiele mit ihren Nippeln, zwirbele sie, drücke sie und zupfe an ihnen im Wechsel. »Gut?«, frage ich.

»Wahnsinnig gut, Sir!«

Ich muss grinsen. »Dann kann ich mein Weihnachtsgeschenk ja wegschmeißen.«

Ihre Augenlider fliegen auf, und sie runzelt die Stirn, hat keine Ahnung, wovon ich spreche.

»Erinnerst du dich an die Frau in meinem Büro?«, sage ich und spiele weiter mit ihr.

Ihr Blick wird finster. Nur kurz. Dann windet sie sich lustvoll, weil ich ihr das Denken erschwere.

»Sie war nicht nur da, um Spielzeug für den Klub vorzuführen, sondern auch, um mir neue Modelle für dich zu zeigen, vor allem brandneue supersofte Klemmen«, erkläre ich, kneife Audrey fester, und sie keucht. »Aber wenn du es jetzt heftiger verträgst, können die in den Müll.«

»Schmeiß sie noch nicht weg«, ist ihre unerwartet sinnliche Antwort. »Hol sie mal her und lass mich sehen, wie soft sie sind. Lasche Klemmen sind besser als keine Klemmen.«

Ich fahre mit dem Daumen über ihren Nippel, sodass sie sich mir nicht entziehen kann. *Eine kleine Manipulation. Winzig klein.* »Sicher, Kleines? Ich wollte dich doch bestrafen.«

»Das tust du. Keine Sorge.«

»Ach ja?«, tue ich zweifelnd und quäle sie weiter.

»Ja, weil ich seit einer Ewigkeit kommen will.«

»Das hast du gar nicht gesagt.«

»Weil ich deine Antwort kenne.«

»Stimmt, sie wäre Nein.«

»Also, hol die Klemmen! Bitte.«

»Für etwas Spaß?«

»Ja, für etwas Spaß, Sir.«

Wie könnte ich da widerstehen? Ich stehe auf und gehe zum Schrank.

»Und zieh endlich deine Hose aus«, ruft sie mir hinterher. Fordernd. Ungeduldig. Und im definitiv falschen Tonfall.

»Kleines!«, sage ich warnend. Ein Wort genügt meist.

»Narrenfreiheit«, gibt sie zurück. Eine Spur eingeschüchtert und zugleich sexy.

»Du machst mich schwach. Weißt du das?«, sage ich und lasse ihr den Kommentar durchgehen. Ich öffne eine kleine schwarze Schachtel, gehe zurück zum Bett und lege Audrey die Klemmen kommentarlos an. »Willst du das immer noch?«

»Fuck, Reece!«

Was will sie mir denn damit sagen? Sofort lockere ich die Klemmen und streichele beruhigend ihren Nacken. »Zu heftig?«

Sie krallt sich ins Laken. »Mist, Mist, Mist. Nein!«

Definitiv nicht zu heftig. Sondern überwältigend.

Ihr Körper erzittert, und sie kommt. Unglaublich sexy und ohne meine Erlaubnis. Und sobald ihr das bewusst wird, schlägt sie ihre Hände vor das Gesicht und dreht sich von mir weg. Weil es so normalerweise nicht läuft. Nicht in einer Session. Und schon gar nicht in einer mit einer Strafe.

»Schau mich an, Kleines!«

Sie dreht sich nicht um. *Uneinsichtig wie eh und je.*

»Es ist okay«, sage ich und fahre ihr durch die Haare.

Sie schüttelt den Kopf. »Nein, ist es nicht. Tut mir so leid, Sir.«

»Doch, ist es.« Ich ziehe mich ganz aus, klettere zu ihr aufs Bett und nehme sie mit meinen Armen gefangen, bis ihre warme Haut meine berührt. »Und ich beweise es dir.«

Ich dränge sie zurück, nutze aus, dass sie dabei leicht ihre Beine öffnet, und dringe unglaublich sanft in sie ein, nehme sie, bin ganz bei ihr, spiele nicht länger – wir haben genug gespielt –, sondern liebe sie.

»Mehr!«, sagt sie. »Verdammt, mehr, Sir!«

»*Verdammt* mehr?«, wiederhole ich ihre Worte und nehme sie weiter ruhig, vorsichtig, jetzt, da ich weiß, dass sie schwanger ist.

»Gib mir mehr oder ich hol mir ein Toy, das das macht.«

Freches Biest! »Das wagst du nicht.«

Sie wimmert. »Reece!«

Himmel! Doch würde sie!

Ich vergrabe mich tief in ihr, küsse sie, liebe jeden Quadratzentimeter ihres Körpers, der so anders reagiert und so viel empfindlicher ist als sonst. Bis ich mich nicht länger zurückhalten kann und mich schneller bewege, alles von ihr brauche, was sie mir geben kann.

Audrey krallt sich in meinen Rücken, umschließt mich mit den Beinen, und ihre Nippel reiben an mir.

»Scheiße!«, zischt sie erneut. »Nein, nein, nein!«

Doch, doch, doch, Kleines!

Ich küsse sie, als sie kommt, mag, dass sie plötzlich sich und ihren Körper nicht mehr unter Kontrolle hat. Dass sie sich nicht mehr so leicht gegen das wehren kann, was ich mit ihr anstelle. Wobei sie das nie kann, wenn ich es darauf anlege. So wie ich es nicht kann, wenn sie es darauf anlegt.

Und kaum hört das Beben in ihrem Unterleib auf, komme auch ich, kann mich nicht länger zurückhalten, liebe es, sie zu erobern, für mich zu haben und zu wissen, dass uns ab sofort etwas verbinden wird. *Für immer.*

»Geht es dir gut?«, frage ich, sobald ich von meinem Hoch etwas runtergekommen bin, und löse die Klemmen von ihren Nippeln.

»Ja«, sagt sie und klebt seufzend vor Glück an mir. »Aber, Reece?«

»Ja, Audrey?« Ich spüre ihre kühlen Schultern und ziehe eine Decke ran.

»Ich glaube, meine Füße werden schon wieder kalt. Und die von Mini-Reece ebenfalls.«

»Und was willst du mir damit sagen? Willst du sie bei mir wärmen oder soll ich dafür sorgen, dass euch warm wird?«, frage ich und lege meine Hand auf die kleine Wölbung ihres Bauchs, wo Mini-Audrey garantiert keine kalten Füße hat, weil sie quasi noch gar keine richtigen Füße hat, und wenn sie welche hätte, dann würden diese in angenehm warmem Wasser vor sich hinfloaten.

»Beides.«

»Alles, was du willst, Kleines.« *Definitiv alles.*

Epilog

Acht Wochen später

AUDREY

Okay, ich habe mich nicht so sehr geschont, wie Reece das gerne gesehen hätte. Aber dafür kann sich das Ergebnis sehen lassen.

In Rekordzeit haben wir das Spielzimmer des Freeze & Please fertiggestellt. Mit wirklich schönem sexy Equipment – und sind für ganze vier Wochen ausgebucht, weil unglaublich viele Leute das ausprobieren wollen. Wir konnten sogar etliche Neukunden für den Klub gewinnen, weil es weit und breit nichts Vergleichbares gibt. *Ein voller Erfolg!* Die Presse war hier. Fotografen haben Bilder gemacht. Es gab Sekt – beziehungsweise für mich Apfelsaft, und ich kann kaum glauben, dass ich am Anfang dagegen war. Dieser Playroom ist toll, und ich weiß jetzt schon, dass wir den Bereich im nächsten Jahr erweitern werden. Außerdem habe ich eine ergänzende Idee für den Sommer. Das Breeze & Please, eine Beach-Landschaft zum Relaxen mit allerlei Folter- und Spielmöglichkeiten unter freiem Himmel, natürlich abgeschottet von den Blicken der Außenwelt.

Ian hat bereits sein Okay gegeben, und ich freue mich auf die Eröffnung, die noch vor der Geburt von Mini-Reece stattfinden wird. Oder Mini-Audrey, wie Reece weiterhin tippt, denn wir haben beschlossen, uns überraschen zu lassen.

Zufrieden mit meinem Werk stapfe ich in meinen Winterstiefeln den Weg mit den Eisskulpturen entlang Richtung Haus, seufze selig, als mich die Wärme der Villa umhüllt, und suche Reece in seinem Klubbüro auf.

»Klopf, klopf«, mache ich und trete ein.

Reece ist gerade mitten im Gespräch mit Nathan, einem Dom des Klubs. Sie planen eine Kundensession. Doch bei meinem Erscheinen verändert sich seine Miene von konzentriert zu hocherfreut. Er sieht sich weiter das Konzept von Nathan an, aber streckt einen Arm einladend nach mir aus, woraufhin ich näher trete, mich kurz drücken lasse und mich schließlich abwartend auf die Tischkante setze.

»Danke, das war es dann, Nathan«, verabschiedet Reece den Dom und wendet sich mir zu. »Was verschafft mir die Ehre? Kalte Füße?« Er wackelt mit den Augenbrauen, weil er ein verdammt guter Fußwärmer ist. Mit sehr sexy Methoden. Und schon die Andeutung sorgt für prickelnde Hitze in mir.

»Wann hast du Feierabend?«, frage ich.

»Ich bin noch zwei Stunden hier.«

So lange noch! »Wichtige Sachen?«

»Wie immer.«

Ich rolle mit den Augen. »Natürlich, du Oberboss. Aber sind es Sachen, die keinen Aufschub dulden oder …?«, frage ich und lasse offen, worauf ich hinauswill.

»Oder was, Audrey?«

Ich versuche, cool zu bleiben und mir nichts anmerken zu lassen. »Oder könntest du Feierabend machen?«

»Um dich zu *wärmen?*«, fragt er grinsend und meint damit, mir einzuheizen.

»Genau.« *Wie gut, dass dieser Mann mich versteht!*

Er nimmt meine Hand in seine. »Aber dir ist doch gerade warm!«

Will er mir damit einen Korb geben? Nicht mit mir! »Ich wüsste, wo mir ganz schnell kalt wird.« *Am Nordpol. Oder an einem viel näher liegenden, sehr speziellen Ort.*

Er sieht mich irritiert an.

Okay, ich muss wohl deutlicher werden. »Im Freeze & Please ist die nächsten drei Stunden zur Abwechslung niemand. Wenn du also Zeit hättest …«

»Ob das in deinem Zustand so klug wäre, dort zu spielen, Kleines?«

Heißt das etwa Nein?! »Schisser!«

»Kein Grund, frech zu werden!«

»Doch!«, sage ich und entziehe mich ihm, nehme sein Tablet und buche mich in den Raum ein. *So schnell gebe ich nicht auf!* »Dann vergnüge ich mich eben allein.«

»Das kannst du nicht tun!«

»Narrenfreiheit, Sir!« *Und wie ich kann.*

»Verdammt, Audrey!«

Keine Chance! Ich warte nicht, ob Reece es sich noch mal anders überlegt. Ich ziehe mir einen der extra für Sessions im Freeze & Please angefertigten Anzüge an, die sich an den entscheidenden Stellen öffnen lassen, ohne dass man sich ganz ausziehen muss, gehe vor und vertraue darauf, dass Reece mir folgt. Und das tut er.

Yes!

Inzwischen ebenfalls wärmer angezogen holt er mich am Eingang des Freeze & Please ein und legt seine Arme von hinten um mich.

»Willst du mich jetzt in die Eishöhle hinein- oder wieder heraustragen?«, witzele ich.

Es folgt ein langer, warnender Blick. Dann sehe ich, wie er nachgibt. »Rein!«, sagt er. »Sofort, Kleines!«

Oha! Ich kriege sexy Ärger. Perfekt! Beim Klang seiner Stimme wandert ein Schauer über meinen Rücken. Ich gehorche und atme schwer, wobei weiße Atemwölkchen aufsteigen, sobald wir die eisige Welt des Freeze & Please betreten.

»Und jetzt?«, frage ich.

Reece beugt sich an mein Ohr, und sein warmer Atem streift mich. »Ab ans Andreaskreuz mit dir.« Ein sanfter Biss folgt. »Sofort.«

Ein weiterer Schauer durchfährt mich, prickelnd und sinnlich, und eine angenehme Aufregung erfasst mich. Wie immer bei Sessions mit diesem Mann.

Ich stelle mich mit dem Gesicht zum Kreuz, biete Reece meine Rückseite dar und augenblicklich kassiere ich einen Schlag auf den Hintern, der mich keuchen lässt, da er zwar nicht wehtut, aber überraschend kommt. *Himmel, wie ich das liebe!*

»So willst du es also?«, fragt er.

Ich beiße mir auf die Unterlippe, weiß, ich muss mich jetzt benehmen. Zumindest etwas. »Ich will es so, wie du es willst.«

»Auf einmal.«

»Ja, Sir.«

Ich spüre ihn dicht hinter mir. Er fixiert meine Hände über meinem Kopf am Kreuz, grätscht meine Beine jedoch nur leicht, und neue Lust und Hitze schießen durch mich hindurch. *Trotz der eisigen Kälte. Oder gerade deswegen.*

»Du weißt, dass dein Anzug dich nicht schützt?«

Ich nicke. Denn man kann wie bei einer Patchworkdecke einzelne Stoffquadrate entfernen und somit die Haut der Kälte im Raum aussetzen.

»Ich kann dich nicht hören, Kleines.«

»Ja, Sir, weiß ich.« Ich hab das Teil schließlich in verschiedenen Kleidergrößen in Auftrag gegeben.

Die Klett- und Druckknopfverschlüsse reißen auf, und wenig später spüre ich, wie mein Hintern, der es eben noch gemütlich warm hatte, plötzlich eiskalt wird. *Sexy kalt.*

»Du wirst mich nicht wirklich bestrafen, oder?«, frage ich unsicher. *Ja, ich hab ihn zu dem hier überredet. Aber davon abgesehen bin ich brav gewesen.* »Ich hab doch Narrenfreiheit.«

Ein Schlag folgt. Nicht besonders schmerzhaft, allerdings auch nicht angenehm, was wohl Ja heißt. *Will er. Etwas.*

»Au!«, japse ich.

Sofort ist Reece hinter mir, und ich spüre seine warmen Hände auf meinem brennenden und zugleich kühlen Hintern. Was Verlangen durch mich schießen lässt. »Soll ich aufhören, Kleines?«

Ich will Ja sagen, aber mein Körper hat seinen eigenen Willen, zieht sich vor Lust zusammen, will mehr. »Nein, Sir, bitte nicht.«

Ein heißer Kuss an meinem Hals sorgt für einen weiteren Schauer. »Wie du willst.«

Es folgt ein zweiter Schlag und ein dritter und ein vierter und ein fünfter. Und mit jedem wird mir heißer und gleichzeitig kälter. Und das Verlangen wird heftiger. *Gott, steh mir bei!* Denn Reece nennt es zwar Strafe, aber er erinnert mich letztlich nur daran, dass er das Sagen hat. Und das ist etwas, was ich liebe.

Nach fünf Schlägen hält Reece inne, und ich atme schwer. Ich rechne damit, dass er mich wieder warm einpackt. Stattdessen spüre ich plötzlich seinen harten, heißen

Schwanz an meinen Pobacken und wie er mit den Händen Öl verteilt.

Er fängt erst an!, wird mir klar, und das sorgt für einen regelrechten Endorphinkick.

»Bitte mich!«, haucht er mir ins Ohr. »Bitte mich, es dir hier, in diesem Eispalast am Andreaskreuz, wo du dich nicht wehren kannst, so richtig zu besorgen!«

»Was, wenn ich stattdessen sage: Geh zum Teufel?!«, reize ich ihn, will mehr von dem wilden Mann, einen noch größeren Kick.

Er lacht rau und tief, schiebt seine Hände durch die Öffnung meines Outfits und lässt sie über meine Haut gleiten. »Willst du das wirklich, Kleines? Dass ich in der warmen Hölle bin und du hier weiter gefesselt im kalten Eis ausharren musst?«

Leichte Entscheidung! Ich atme schwer, und die Lust zerreißt mich fast. »Nein«, sage ich.

»Was willst du dann?«

»Dass du Narrenfreiheit hast, Sir.« Ich schlucke. »Mach mit mir, was du für richtig hältst.«

REECE

Wie kann ein Mensch nur so unglaublich perfekt sein?

Ich spüre Audreys Kälte an meiner Hüfte und ihre Hitze an meinem Schwanz, reize sie, spiele mit ihr und genieße jeden Schauer, der ihren Körper erschüttert. *Schauer, für die du sorgst, Randall.*

Als ich mehr von ihr brauche, verändere ich die Fesseln, sodass Audrey nun nicht länger das Kreuz, sondern mich anschaut. Ich bedecke wieder ihren Hintern, aber öffne den Anzug nun an ihrem Schritt. Dann hebe ich sie an und versenke mich in ihr, besitze sie, vergöttere sie.

Das ist es, was du liebst, Randall.

Und sie liebt es ebenso.

Audrey wirft den Kopf leicht zurück, hängt an den Fesseln und umschließt mich mit ihren Beinen, ist wie eine Göttin in einem Kristallpalast, und ich vergrabe mich wieder und wieder in ihr, bekomme nicht genug, liebe es, mit ihr zu spielen, und liebe diese Verbindung zwischen uns. *Und Fuck, fühlt sie sich gut an! Fühlen wir uns gut an!*

»Sir, bitte darf ich kommen?«

Meine Mundwinkel zucken amüsiert. »Noch nicht.«

»Bitte«, wispert sie.

»Nein!« *Etwas mehr Strafe muss sein.*

Ich nehme sie schneller, habe eine Hand stützend an ihrem Hintern, mit der anderen reibe ich ihre Klit, was ihr einen Haufen Schimpfwörter für mich entweichen lässt und was sie dazu bringt, mich zu beißen, als ich sie küssen will. *Als könnte sie mich damit erweichen!*

»Bitte!«, fleht sie erneut. *So süß.*

»Keine Chance!«, sage ich, spiele weiter mit ihr, öffne ihr Oberteil weiter, sodass umgeben von dieser Kälte meine heiße Haut auf ihrer ist. Wir uns noch näher spüren.

»Sir?!«, ruft sie wieder, und ich merke, wie sie sich verkrampft, wie sie alles versucht, um nicht zu kommen, wie sie es jetzt nicht länger aufhalten kann. *Weil du sie zu nah an den Abgrund gebracht hast.* Und dass ich sie auch nicht mehr aufhalten will. *Weil du selbst dort bist.*

»Komm, Kleines«, spreche ich die magischen Worte aus. »Komm für mich!«

»Oh Gott! Danke, danke, danke, Sir!«, stöhnt sie, und ich genieße, wie sie kommt. Sie schließt sich eng um meinen Schwanz, zittert, bebt, hängt an mir und will mich tiefer, näher, überall spüren, während ich sie nehme, küsse, ihre Schreie schlucke und schließlich auch komme, lang und heftig, während ich mich ihr ganz nah fühle.

Was für eine Session!

Wir genießen die magischen Sekunden danach, wenn es nichts gibt außer einem selbst und dem anderen. Da ist nur primitives Gefühl, mehr nicht.

Dann sagt Audrey in den Moment hinein: »Reece, kannst du mich losmachen? Mir friert der Hintern ab.«

»Wirklich?«, frage ich amüsiert nach. Ich löse mich nur ungern von ihr, aber schließe den Anzug wieder, packe meinen Schwanz weg und entferne die Fesseln.

»Wirklich«, sagt sie.

Sie will einen Schritt machen, aber ihre Knie sind weich, so wie immer nach Sessions. Vielleicht sogar etwas mehr.

»Langsam, Kleines!«, sage ich und hab sofort meinen Arm um sie geschlungen. »Genug gespielt?«

»Ja«, meint sie nur. »Bring mich ins Warme.«

»Dein Wunsch ist mir Befehl.«

Sie grinst.

»Was?«

»Es heißt richtig: Dein Wunsch ist mir Befehl, Mistress.«

Frech! »Versuchst du, mich Dom gerade wie deinen Sklaven zu behandeln?«

»Das war nicht ich, sondern das Baby. Gewöhn dich schon mal dran, herumkommandiert zu werden, sobald es auf der Welt ist.«

Verdammt fiese Ausrede. Und süß! »Wie du willst, Mistress!« Ich packe Audrey und trage sie den Weg zurück ins Haus. In ihrem Büro setze ich sie ab, pelle sie und mich aus der speziellen Freeze & Please-Kleidung, hülle uns in Decken und küsse sie neckend und eine Spur schmerzhaft.

»Au! Wofür war das?«, beschwert sie sich.

»Was denkst du denn, *Mistress*? Eine kleine Erinnerung daran, wie es sein wird, sobald deine Narrenfreiheit vorbei ist!« Und solche frechen Kommentare wesentlich härtere Strafen nach sich ziehen werden – echte Strafen und sexy Strafen. Denn auch wenn sich dann vieles durch unser Kind ändern wird, das zwischen uns wird bleiben. Dafür sorge ich schon.

»Als könnte ich das vergessen, Sir.« Ihr Blick wird tiefer. »Nie.« Sie schluckt. »Und falls doch, erinnere mich gerne daran.«

Da ist sie wieder, die Audrey Montgomery, die ich kennengelernt habe. Die Frau, die ich liebe. Diejenige, mit der ich gerade eine spezielle Session hatte und um die ich mich jetzt kümmern muss.

»Brauchst du was? Was zum Essen? Tee? Was anderes?«

Sie lächelt. »Für den Moment nur dich.«

Nichts leichter und lieber als das! Ich ziehe sie zu mir aufs Sofa, spüre sie und sie mich. Sie hat ihre Augen geschlossen, aber sie schläft nicht, sondern genießt jeden Augenblick.

»Du lächelst ja«, sage ich und fahre ihr durchs Haar.

»Wie könnte ich nicht?«, antwortet sie, öffnet die Augen und blickt mich mit so viel Gefühl an, dass ich sie einfach küssen muss. »Egal ob Sommer oder Winter. Im Grunde ist jeder Tag schön«, sagt sie. »Wenn man ihn mit dem Menschen verbringt, den man liebt.«

»Und wenn man warme Füße hat«, ergänze ich, als ich spüre, wie sie ihre Eisklumpen auf der Suche nach Wärme zu mir schiebt.

»Und das natürlich auch, Sir.«

Ende

DEINE LIEBLINGSZITATE

»Wissen Sie, was mich als Dom kickt?«, fragt er, nimmt mir die Halsbänder ab und streift, ob mit Absicht oder nicht, meine Fingerspitzen.

»Na was?«, gehe ich auf seinen Tonfall ein und will ihm zeigen, dass er mich nicht aus der Ruhe bringt. Nicht schon wieder.

»Wenn ich den Körper meiner Partnerin dazu bringe, Dinge zu tun, die ich will.«

Auch wenn ich es mir nicht eingestehen mag, das eben hat mich angetörnt. Sehr sogar. Während es mich gleichzeitig entsetzt hat, bestraft zu werden – nur weil ich zu langsam gehorcht habe. *Verdammt!*

»So läuft das normalerweise nicht ab, Kleines«, sage ich und fahre ihr durch die Haare. Ich kuschele nicht mit einer Frau, und ich habe nicht einfach so Sex. Nie. Bis eben.

»Letztlich geht es ja nicht darum, keine Fehler zu haben, sondern mit seiner Macke perfekt zu einem zweiten Menschen zu passen.«

Ich verliere völlig die Kontrolle und komme ebenso, heftig und lang und wild. Und weiß plötzlich, dass ich die Finger nicht von ihr lassen kann. Egal wer sie ist. Egal worauf sie steht. Das eben war zu gut.

DEINE LIEBLINGS-ZITATE

»Willst du darüber reden, was los ist?«

»Wollte ich das je?«

»Manchmal hilft es.«

»Wenn ich jemanden zum Reden bräuchte, hätte ich mir einen Therapeuten gesucht. Aber wo bin ich? In einem Sportstudio.«

»Das ist nicht das Gleiche.«

»Oder ich hätte mich einem Kaffeekränzchen angeschlossen.«

»Du? Zwischen lauter Tussis, die sich über Nagellack, ihren Fitnesstrainer und die neuesten Designertrends unterhalten? Schwer vorstellbar.« Er grinst. »Mein Angebot steht.«

»Mein erstes Mal war mit achtzehn. Recht spät, aber das Warten hatte sich gelohnt.« Sein Grinsen wird breiter. »Mit meiner Tutorin.«

Mir klappt die Kinnlade herunter. Das erklärt, warum er auf die Story mit meinem Sportlehrer so locker reagiert hat.

»Von ihr habe ich eine Menge gelernt«, sagt er mit einem Zwinkern.

»Zum Beispiel wie man Frauen in den Wahnsinn treibt?«, fauche ich und verschränke die Arme vor der Brust, um ihn auf Abstand zu halten.

»Wie man erkennt, was sie wollen.«

»Und was will ich?«

»Mich.«

SPIEL NICHT MIT DEM **FEUER**, ES SEI DENN, DU MÖCHTEST DIR DIE **FINGER** VERBRENNEN ...

Eigentlich kann Nikki Montgomery – anders als ihre Schwester Audrey – nichts mit der Welt des Tease & Please anfangen. Doch das ändert sich, als sie bei der Buchhaltung aushilft – und Kostolany begegnet, dem gefährlichsten Dom des Klubs. Sie weiß, sie sollte die Finger von ihm lassen. Aber sie kann nicht, denn er weckt in ihr Sehnsüchte, die sie bisher stets verdrängt hat ...

BAND 3

NIKKI + KOSTO

AUCH ALS HÖRBUCH

ISBN 978-3-96443-267-4
9,99 € [D]